KB108414

자벌레는 왜 몸을 움츠리는가

지은이 | 윤재근(尹在根)

1936년 경남 함양에서 태어났다.
서울대학교 영문학과를 졸업하고 같은 학교 대학원 미학과에서 석사 학위를, 경희대학교 대
학원 국문학과에서 박사 학위를 받았다. 서울 동성고등학교 영어 교사, 계간 《문화비평》, 월간
《현대문학》의 편집인 겸 주간을 지냈으며, 현재 한양대학교 국문학과 명예교수, 한국미래문
화연구소 소장으로 있다.

저서 : 《詩論》《文藝美學》《東洋의 美學》《문화전쟁》《萬海詩와 주체적 詩論》《萬海詩 님의
침묵 연구》《莊子 철학 우화》(전3권)《論語 愛人과 知人의 길》(전3권)《孟子 바른 삶에 이르는
길》(전3권)《老子 오묘한 삶의 길》(전3권)《古典語錄選》(전2권)《생활 속의 禪》《빛나되 눈부
시지 않기를》《뜻이 크다면 한칸의 방도 넓다》《어두울 때는 등불을 켜라》《나는 나의 미래를
본다》《먼길을 가려는 사람은 신발을 고쳐 신는다》《살아가는 지혜는 가정에서 배운다》《인
물로 읽는 장자》

자벌레는 왜 몸을 움츠리는가

초판 1쇄 인쇄 | 2005년 5월 10일
초판 1쇄 발행 | 2005년 5월 20일

지은이 | 윤재근
펴낸이 | 양동현

펴낸곳 | 도서출판 나들목
출판등록 | 제6-483호
주소 | 서울 성북구 동소문동4가 124-2
대표전화 | 02) 927-2345 팩시밀리 | 02) 927-3199
이메일 | nadeulmok@nadeulmok.com

ISBN | 89-90517-43-5 04810

저자와의 협의에 의해 인지는 붙이지 않습니다.
잘못 만들어진 책은 구입한 곳에서 바꾸어 드립니다.

www.nadeulmok.com

고, 어떤 지위에 있는 사람만이 사람을 다루는 것〔治人〕은 아니다. 사람은 누구나 나름대로 자신의 삶을 다스리고 산다. 그래서 어느 누구도 세상을 다스리는 일〔治世〕과 사람과 더불어 함께 사는 일〔治人〕을 외면할 수 없다. 세상을 살기 위해서는 누구에게나 처세술(處世術)이 필요할 수밖에 없다. 서경에는 슬기롭게 살아갈 수 있는 처세의 말씀들이 굉장히 많이 간직되어 있다.

서경에는 요즘 사람들이 읽기에는 조금 어색할 내용들이 없지 않다는 생각도 든다. 그러나 서경의 가르침은 늘 앞길을 새롭게 터 준다. 그래서 서경이 전해 주는 슬기로운 가르침을 추려 어록(語錄)으로 모았다. 서경의 어록들이 저마다 자신과 삶을 관리하고 경영하는 데 더할 바 없는 슬기로움〔慧〕을 일깨워 마음을 밝게 가다듬어 주리라 믿어 의심치 않는다. 이런 뜻을 살펴 서경의 어록들을 책으로 묶게 해 준 양동현 사장님께 감사드린다.

2005년 봄

5

우 서

虞書

우서(虞書)

요순(堯舜) 시대를 적은 것으로, 우(虞)는 순(舜) 임금의 씨(氏)이며, 나라 이름이다. 그러므로 〈우서(虞書)〉는 우(虞) 나라 사관(史官)의 기록들이다. 5장(章)으로 되어 있다.

우서(虞書)의 요점

■ 1장 요전(堯典)

요(堯) 임금을 도당씨(陶唐氏)라고도 한다. 요전(堯典)은 요 임금(BC 2350경~2250경 재위)에 관한 기록으로, 전(典)은 기록해 둔다는 말이다. 요 임금의 성(姓)은 이기(伊祁), 이름은 방훈(放勳)이며, 오제(五帝)의 하나인 제곡(帝嚳)의 아들이었다고 한다.

■ 2장 순전(舜典)

순(舜) 임금을 유우씨(有虞氏) 또는 우순(虞舜)이라고도 한다. 순전(舜典)은 순 임금(BC 2255~2208 재위)에 관한 기록이다. 순 임금의 성은 요(姚), 이름은 중화(重華)이며, 오제의 하나인 전욱(顓頊) 고양씨(高陽氏)의 후손으로, 고수(瞽瞍)의 아들이었다고 한다.

■ 3장 대우모(大禹謨)

우(禹)가 순(舜) 임금과 얘기한 계책(計策)에 관한 의견을 기록해 둔 것이다. 모(謨)는 모(謀)와 같다. 계책을 모의(謀議)하는 것이 모(謨)이다. 그러나 실제로는 순(舜)·우(禹)·익(益) 세 사람의 대담(對談)으로 구성되어 있다.

■ 4장 고요모(皋陶謨)

고요(皋陶)는 순(舜) 임금의 신하로, 형벌을 다스리는 벼슬을 지낸 사람이다. 고요가 순 임금 앞에서 우와 함께 나라를 다스리는 데 여러 계책과 의견을 기록해 둔 것이다.

■ 5장 익직(益稷)

순(舜) 임금이 우(禹)에게 익(益)과 직(稷)의 공로(功勞)를 찬양하는 내용으로 되어 있다. 익과 직은 순 임금의 신하들이다. 익은 풀과 나무와 새와 짐승을 다스리는 우(虞)라는 벼슬을 했고, 직은 농사일을 다스리는 후직(后稷)의 벼슬에 있었다.

克 明 俊 德
극　명　준　덕

능히 큰 덕을 밝힌다

　세상을 두루두루 한결같이 어루만지고 보살핀 이를 요(堯)
라고 칭송한다. 그래서 요를 성군(聖君)으로 받든다. 온 세상
을 덕으로 어루만져 다스렸으니 어느 누가 요 임금을 손가락
질할 것인가? 맨 먼저 어떻게 다스려야 세상살이가 훈훈할
수 있는가를 몸소 보여 준 분이 바로 요 임금이다. 인간상(人
間像)을 말하고 인간성(人間性)을 말할 때 요를 들이댄다면
낡았다고 빈정댈 수 없음은 바로 요 임금이 덕(德)으로 세상
을 마주해 껴안은 까닭이다. 우리가 지금 모진 세파(世波)라
고 아우성치는 까닭도 따지고 보면 결국은 준덕(俊德)을 얕
보고 깔보고 팽개쳐 버린 탓이다. 그러나 이렇게 말하면 낡
았다고 접어 버리려는 세태(世態)가 기승이다. 그래서는 사
는 일이 가시밭길로 접어들 수밖에 없다. 크나큰 덕을 더할
바 없이 밝혀 세상을 껴안았던 요 임금을 낡았다고 말하지
말라. 어떤 휴머니즘이든 이 한 말씀[克明俊德]을 넘어설 수
없다. 온갖 것을 하나로 껴안고 사랑하라[俊德].

克 능할 극　明 밝힐 명　俊 클 준　德 큰 덕

《서경》〈1편 우서(虞書) 1장〉

靜 言 庸 違
정 언 용 위

말은 잘하나 행동은 다르다

　재주부리는 말[巧言]도 속을 드러내고, 야실랑거리는 말[嬌言]도 속을 드러낸다. 그러나 정언(靜言)은 속을 드러내지 않는다. 교언(巧言)도 못쓰고 교언(嬌言)도 못쓴다. 정언(靜言)은 더더욱 못쓴다. 속셈을 숨겨 두고 듣는 이를 안심하도록 하는 말[靜言], 그런 말은 무섭다. 열 길 물속은 알아도 한 길 사람 속은 모르는 법이다. 그런 사람 속이 그럴듯하게 말하면 그 말은 꾀를 쓰는 것과 같다. 그래서 정언은 모언(謀言)인 셈이다. 말이 곧 정언이다. 소리를 착 깔고 그럴 듯하게 말한다고 해서 그 말을 믿지 말라. 행동거지도 말한 것처럼 한결같은지 살펴볼 일이다. 행동이 말과 같지 않거나[靜言庸違] 말로는 남을 안심하게 해 두고[靜言] 뒤로 딴짓을 하는[庸違] 사람은 무섭다. 그러므로 말하는 것을 보고 믿을 것이 아니라 행동거지를 살펴 사람을 믿어라[靜言庸違].

靜 꾀할 정　言 말할 언　庸 쓸 용　違 어긋날 위

《서경》〈1편 우서(虞書) 1장〉

象恭滔天
상 공 도 천

겉으로만 공손할 뿐 속은 몹시 오만하다

코앞에서 굽실거리는 짓〔象恭〕일수록 눈여겨볼 일이다. 속마저 자신을 낮출 줄 아는지 모르는 까닭이다. 공손한 척한다면 겹치기 거짓부렁과 같다. 먼저 자기 자신을 속여야 하고 남도 속여먹어야 하는 까닭에 겹치기 속임수로 공손한 척하는 것이다. 속은 불손하면서 겉으로는 공손한 척하는〔象恭〕 마음속은 하늘을 얕보고 흘기는 짓거리라 할 수 있다. 그래서 상공(象恭)은 고약하고 맹랑하고 괘씸한 짓을 범하려는 수작이다. 이런 수작은 세상을 얕보려는 버르장머리에서 나온다. 세상을 얕보고 거들먹거리는 짓이 바로 상공(象恭)이다. 하룻강아지가 범 무서운 줄 모르면 목숨이 살아날 리 없다. 그런 지경이 도천(滔天) 아니겠는가. 하늘이 넘치도록 물이 넘친다〔滔天〕. 그러면 사람은 살아남지 못한다. 겉으로만 고분고분한 척하며 뒷구멍으로 허튼 짓거리를 범하지 말라〔象恭滔天〕.

象 그려낼 상 恭 공손할 공 滔 물 넘칠 도 天 하늘 천
《서경》〈1편 우서(虞書) 1장〉

食 哉 惟 時
식   재   유   시

먹는 것은 때를 잃지 않아야 한다

먹어야 산다. 살자면 아무거나 억지로 먹을 수는 없다. 몸에 맞지 않으면 탈이 난다. 탈이 나면 살기가 어렵다. 그러니 먹기를 조심하고 삼가야 한다. 무턱대고 아무 때나 먹어도 몸속의 오장육부가 갑작스러워 배겨 날 겨를이 없어진다. 겨를 없이 일하다 보면 새게 마련이다. 아침, 점심, 저녁이 되면 몸이 먹기를 바라게 마련이다. 그때를 놓치지 말고 때맞춰 먹으면 뱃속이 먹거리를 편안히 받아들여 마음을 쓰고 몸을 움직이는 기운을 시원하게 대줄 수 있다. 그러니 때맞춰 밥을 먹어라〔食哉惟時〕. 여기서 시(時)를 사철로 새겨 철 따라 먹어야 한다〔食哉惟時〕고 새겨도 안 될 것은 없다. 그런데 지금은 어디 철 따라 먹거리가 나오던가. 여름에 얼음을 먹고 겨울에 수박을 먹는 세상이니 유시(惟時)를 제발〔惟〕 날마다 밥 때〔時〕를 어기지 말라고 새겨 두는 것이 낫다는 생각이다.

食 먹을 식 哉 어조사 재 惟 오로지 유 時 때맞출 시
《서경》〈1편 우서(虞書) 2장〉

柔遠能邇
유　원　능　이

먼 것을 달래고 가까운 것을 돕는다

　먼 것을 낯설다고 밀어내면 밀어낼수록 새것을 얻기가 어
렵다. 우물 안 개구리가 되어서는 넓은 세상을 바라보기 어
렵다. 낯설수록 낯익게 해 보라. 그러면 새것을 얻을 수 있
다. 먼 것에게 우리 것을 주면 그 먼 것이 우리 것을 새롭게
받아 갈 것이다. 그러면 서로 부드럽게 된다. 유원(柔遠)하면
세상에서 전쟁은 없어질 것이다. 그러나 그러지 못해 인간
세상은 날마다 여기저기서 벌어지는 온갖 싸움질에 상처만
입는다. 이웃사촌이라 하지 않는가. 백지장도 맞들면 가볍다
하지 않는가. 가장 못난 짓거리는 시샘이다. 시샘하면 마음
이 좁쌀처럼 작아진다. 마음이 작아지면 마음속은 쪽방처럼
되고, 제 두 발도 펴지 못할 지경이 되고 만다. 두 발 뻗고 편
하게 자려면 마음속부터 넓어져야 한다. 넓은 마음이라야 껴
안을 수 있다. 가까운 것일수록 껴안고 도와라〔能邇〕. 살기가
편안한 길이 없는 것은 아니다.

柔 부드러울 유　遠 멀 원　能 도울 능　邇 가까울 이
《서경》〈1편 우서(虞書) 2장〉

八音克諧
팔 음 극 해

삼라만상의 소리를 능히 어울리게 한다

팔음(八音)은 서양의 옥타브(Octave)가 아니다. 옥타브는 서양에서 사람들이 만든 소리내기이지만 팔음은 천지 만물의 소리내기다. 들이면 들, 산이면 산, 강이면 강, 바다면 바다에 이르기까지 어디를 가든 천지(天地)는 팔음으로 생사(生死)를 소리낸다. 쇠[金]가 내는 소리, 돌[石]이 내는 소리, 실[絲]이 내는 소리, 박(朴)이 내는 소리, 흙[土]이 내는 소리, 가죽[革]이 내는 소리, 나무[木]가 내는 소리가 모두 팔음이다. 서양의 뮤직(Music)이 기대고 있는 옥타브는 피타고라스(Pythagoras, BC 580~?)가 만든 황금비(黃金比)라지만 동양의 팔음은 삼라만상이 내는 소리를 모아 함께 노래부르고 춤추는 것이다. 서로 소리내 노래부르고 손잡고 춤추는 데 어찌 불화(不和)가 끼어들겠는가. 삼라만상이 하나 되어 노래부르고 춤추게 하라 함이 바로 팔음극해(八音克諧)다. 서양의 뮤직은 사람의 것이지만 동양의 악(樂)은 삼라만상의 것이다. 이 천지에 사람만 사는가. 모두 하나 되어 함께 살라.

八 여덟 팔 音 소리낼 음 克 능할 극 諧 잘 어울릴 해
《서경》〈1편 우서(虞書) 2장〉

無 相 奪 倫
무　상　탈　륜

내 려 받 은　자 리 를　저 마 다　서 로　빼 앗 지　않 는 다

·

　왜 삼라만상이 서로 함께 노래부르고 춤추는가? 사람은 사람으로, 뱁새는 뱁새로, 사자는 사자로, 민들레는 민들레로 그냥 그렇게 저마다 태어난 대로 오순도순 살다가 갈 때가 되어 그냥 그렇게 가 버리면 애끓을 것이 없다. 천지는 왕래(往來)하는 곳이지 어느 하나만 붙박이로 눌러 붙어 살기만 하고 죽지 말라고 하지 않는다. 그러나 사람이라는 존재는 모질고 독해서 겁 없이 탈륜(奪倫)을 해 댄다. 천지가 주는 대로 먹고살기를 마다하는 인간들의 행패 탓에 지금 만물은 죽을 지경이 되고 말았다. 환경을 오염시키지 말자고 아무리 호들갑을 떤들 제대로 될 리가 없다. 만물을 마치 인간을 위해 차려진 밥상처럼 여기는 한 인간은 탈륜을 일삼는 죄로 천벌(天罰)을 받을 수밖에 없다. 왜 이렇게 됐을까? 우리 인간이 팔음극해(八音克諧)를 깨 버린 탓이 아닌가.

無 아니할 무　相 서로 상　奪 빼앗을 탈　倫 질서 륜
《서경》〈1편 우서(虞書) 2장〉

舍己從人
사 기 종 인

나를 버리고 남들을 따른다

'나를 버려라[舍己].' 이는 나를 부정하라는 말이 아니다. 다만 나 잘났다고 남 앞에 나서지 말라 함이다. 내가 앞자리에 서기 위해 앞사람을 밀쳐 내지 말라. 앞서려는 사람은 그냥 따라 주고 조용히 침묵하며 상대의 말을 귀담아 들어 주면 된다. 그러면 고집스럽고 무모한 내가 사라지고 남과 나 사이의 벽이 허물어진다. 사람들 사이의 벽을 허무는 데 사기(舍己)보다 더 좋은 망치는 없을 것이다.

'남을 따르라[從人].' 이는 흉내짓 하라는 말이 아니다. 남의 마음을 소중히 하라는 것일 뿐 남의 꼭두각시 노릇은 하지 말라 함이다. 왜 서로를 믿지 못하는가? 남의 마음을 소중히 여기지 않고 염탐해 속을 떠보려고 속셈하는 버릇 탓에 서로 마음을 닫아 놓고 사는 것이다. 그러지 말고 마음을 열어 두라는 것이 바로 종인(從人)이다. 내가 먼저 나를 버리면 너도 따라 너를 버린다. 그러므로 사기와 종인은 둘이 아니라 하나다. 이렇게 일심(一心)이 생겨 덕(德)이 드러나는 법이다.

舍 버릴 사　己 나 기　從 따를 종　人 남들 인
《서경》〈1편 우서(虞書) 3장〉

27

儆 戒 無 虞
경 계 무 려

걱정 없어 편할 때일수록 삼가 조심한다

돌다리도 두들겨 보고 건너라 했다. 걱정거리가 없다고 삶을 늘어지게 할 수 없고, 재물이 많다고 삶을 헤프게 놀릴 수도 없는 일이다. 날마다 겁내고 살 것도 없지만 그렇다고 겁없이 떵떵거리며 가볍게 살 것도 없다. 사는 일보다 더 소중한 것은 없으니 살기가 편할 때일수록 모든 일을 삼가 생각해 보는 것이 그날 그날을 잘사는 길이다. 이 말이 곧 경계무려(儆戒無虞)다. 그래서 길을 따라가면 좋은 일이 생기고, 길을 마다하고 함부로 가면 발에 상처를 입기 쉬운 법이다. 이를 아는 사람은 걱정이 없어 마음이 편안할 때일수록 함부로 세월을 보내지 않는다. 일일삼성(一日三省)이라는 말씀 역시 경계무려와 통한다. 일마다 소중하니 조심조심 삼가 맞이하다 보면 옳은 일 그른 일이 선하게 드러난다. 선하면 그 일에 안기고, 그르면 그 일을 멀리하면 사는 일마다 헛되게 될 리가 없다. 산 넘어 산인 인생을 아무도 얕볼 수 없다.

儆 경계할 경　戒 삼갈 계　無 없을 무　慮 걱정할 려
《서경》〈1편 우서(虞書) 3장〉

德 惟 善 政
덕　유　선　정

덕이라야 오로지 다스림을 잘할 수 있다

　큰 것은 덕(德)이다. 그러나 작은 것은 덕(德)이 아니다. 인간만이 대소(大小)를 가릴 뿐 다른 것들은 모두 큰 것만을 알 뿐이다. 따지고 보면 사람에게만 대인(大人)이나 소인(小人)이 있지 다른 것들에게는 그런 구별이 있을 리 없다. 목숨을 두고 말한다면 사람보다 더 작은 것은 없다는 생각이 든다. 하염없이 그냥 살다가 가는 수많은 목숨들을 보라. 그중 얼마나 되는 이가 천지(天地)대로 따라가면서 세월을 마주하다 이별하겠는가. 인간 아닌 다른 목숨들에게서는 나와 너로 갈려 내가 너보다 낫다고 건방을 떠는 짓거리를 찾아볼 수 없다. 모두 의젓하게 넉넉하게 살다가 목숨이 다하면 그대로 갈 뿐이다. 그러나 사람은 조금이라도 더 살아보자고 별짓을 다한다. 이 얼마나 인간이 작은가. 그래서 인간은 부덕(不德)하기 일쑤다. 큰마음을 갖추라. 그러면 덕(德)이다. 그런 큰마음은 나를 앞세우지 않으면 바로 생긴다. 그러면 곧 삶이 잘 풀려 다스림도 잘할 수 있는 일이다.

德 큰 덕　惟 오로지 유　善 잘할 선　政 다스릴 정
《서경》〈1편 우서(虞書) 3장〉

政 在 養 民
정 재 양 민

다스림이란 사람을 보살펴 잘살게 하는 데 있다

이제는 다스리는 사람이 따로 있지 않다. 누구나 다 치인(治人)이니 말이다. 대통령이나 국회의원, 장관이 되어야만 다스리는 사람이 되는 것은 아니다. 지금은 개인에 의해 모든 구심점이 일구어지고 드러나는 세상이 아닌가. 집단보다 개인이 중시되는 지금 세상에서 삶을 잘 경영해 나가자면 누구나 다스리는 마음이 절실해야 한다. 내가 내 주변 사람들이 잘살도록 보살펴 준다면 나 또한 다스리는 주인이 되는 법이다. 그래서 삶을 다스리는 일이 이제는 정치가의 몫이라는 생각을 접고 싶다. 탈집단(脫集團)의 시대라 하지 않는가. 이는 너도나도 개인의 시대를 마주해야 한다는 말일 것이다. 이제 개인은 주변인(周邊人)이 아니다. 저마다 주인 노릇을 해야 하는 세상에서는 누구나 나름대로 남을 돕는 치인이 되어야 한다.

政 다스릴 정 在 있을 재 養 기를 양 民 백성 민

《서경》〈1편(篇) 우서(虞書) 3장(章)〉

無稽之言勿聽
무 계 지 언 물 청

근거 없는 말이라면 듣지 말라

귀가 얇은 사람은 뜬소문에 놀아나기 쉽다. 변덕스럽다고 흉잡히는 사람치고 귀때기가 두꺼울 리 없다는 말이 있다. 남의 말만 듣고 이랬다저랬다 갈피를 잡지 못하는 사람은 남의 말을 믿지 못한다. 헛소문에 솔깃하는 사람일수록 남을 믿지 못하고 의심하려고만 든다. 귀를 사발 통처럼 열어 주고 엿듣고 염탐하기는 좋아하면서도 제 중심 하나 잡지 못하고 허둥대는 꼬락서니를 면치 못하는 사람들이 많을수록 세상살이가 조용할 리 없다. 그래서 어느 때 어느 세상에서나 잘난 사람보다 차라리 못난 사람이 많았으면 하는 푸념이 나오는 것이다. 늘 듬직한 사람이 그리운 까닭도, 귀가 얇아 헛소문에 덩달아 이러쿵저러쿵 토를 달아 사람들을 놀라게 하는 허풍쟁이들이 많은 탓이다. 지금과 같은 열린 미디어 세상에서 뜬소문〔無稽之言〕에 걸려들어 호들갑스럽게 주책부리지 말아야 한다는 생각을 추스를수록 좋다는 다짐이 앞선다.

無 없을 무 稽 살펴 증명할 계 勿 하지 말 물 聽 들을 청
《서경》〈1편 우서(虞書) 3장〉

弗 詢 之 謀 勿 庸
불 순 지 모 물 용

의논하지 않은 계책을 쓰지 말라

도모(圖謀)할수록 벅찬 일도 힘겹지 않을 수 있다. 그러나 음모(陰謀)를 꾀할수록 가볍던 일도 무거워지고 만다. 꾀하되[謀] 서로의 의견을 들어 순리(順理)를 찾아야지 남이 알세라 쉬쉬하면서 꾀하지 말라는 것이 세상살이의 이치가 아닌가. 음모라는 것은 따지고 보면 결국 잔꾀에 불과하다. 당당하게 할 말을 하고 할 일을 한다면 거침없이 세파(世波)를 마주할 수 있다. 남을 무시하고 내가 제일이라고 거들먹이면서 잔꾀를 부려 보았자 결국 세상에 걸려들고 마는 법이다. 왜 세상을 그물이라고 하겠는가. 세상은 언뜻 보면 엉성한 그물 같지만 그 그물코를 빠져나갈 수 있는 것은 아무것도 없다. 그런 까닭에 세상을 천망(天網)이라 한다. 그래서 노자(老子)도 하늘이 쳐 놓은 그물[天網]은 비록 엉성하고 성기지만 어느 것 하나 빠져나가지 못한다고 했다. 천망을 새겨들을수록 남몰래 잔꾀를 부려 일을 꾸미지 말라[弗詢之謀勿庸]는 말이 무섭게 들린다.

弗 아니할 불 詢 의논할 순 謀 꾀할 모 勿 하지 말 물 庸 쓸 용
《서경》〈1편 우서(虞書) 3장〉

侮 慢 自 賢
모 만 자 현

남을 깔보고 얕보면서 자기만 현명하다 한다

　과거에는 무슨 일이 있어도 소인(小人)이 돼서는 안 된다는
가정교육을 단단히 받았다. 남을 깔보거나 얕보는 것은 소인
배나 범하는 짓이다. 집을 나가 세상살이를 하다 보면 수많
은 사람들과 어울리게 마련이다. 세상은 혼자 사는 곳이 아
니기 때문에 이런저런 사람들과 함께 일하지 않으면 안 된
다. 그러자면 남들과 어울려 세상살이를 이끌어 가야 한다.
세상은 참으로 무거운 수레와 같다. 이런 수레를 나 혼자 끌
고 가겠다고 억지부리는 것보다 더한 바보는 없다. 그런 바
보를 독불장군(獨不將軍)이라 한다. 독불장군치고 소인배 아
닌 놈이 없다. 독불장군이 되어서는 세상을 제대로 살 수 없
다. 그러니 남을 얕보고 깔보면서 자기만 잘난 척하지 말라.
이것이 바로 모만자현(侮慢自賢)의 가르침이다. 제가 현명하
다고 떵떵거리는 인간일수록 현명할 리가 없다. 현명한 사람
은 자신을 남에게 보란듯이 드러내지 않는다. 못난 인간이
되지 말라〔侮慢自賢〕는 말씀이다.

侮 업신여길 모　慢 업신여길 만　自 스스로 자　賢 현명할 현
《서경》〈1편 우서(虞書) 3장〉

反 道 敗 德
반　도　패　덕

도(道)를 어기면 덕(德)을 망쳐 버린다

　　가야 할 길이 멀더라도 샛길이나 곁길을 훔치다 보면 가야
할 곳을 잃고 헤매기 쉽다. 인생을 한바탕 꿈이라고 하지만
그래도 살다 가는 세월이 사람에게 짧은 것은 아니다. 나에
게 있어 내 삶이란 긴 여정(旅程)이다. 사람으로써 걸어가야
할 길이 그만큼 멀다는 뜻이다. 살아가는 길은 바를 수도 있
고 그를 수도 있다. 도(道)란 바른길을 말한다. 그러니 도를
선(善)이라고 생각해서 안 될 것은 없다. 하늘이 하라는 대로
하는 것이 바로 바른길일 것이다. 나에게만 이롭고 남들에게
는 해로운 길을 사도(邪道)라고 한다. 바른 길을 어기면〔反道〕
곧 사도가 열린다. 내 욕심만 앞세우고 남을 못되게 하려는
심술이 터 내는 길이 곧 삶의 곁길〔邪道〕 아니겠는가. 그런
심술을 부리면 덕은 절로 없어져 버린다. 덕이란 바른길이
드러남이니 말이다. 도덕(道德)이란 두 말씀이 아니라 한 말
씀이다. 도(道)가 덕(德)이요, 덕(德)이 도(道)인 까닭이다.

反 어길 반 道 길 도 敗 망하게 할 패 德 큰 덕

《서경》〈1편 우서(虞書) 3장〉

允 迪 厥 德
윤　적　궐　덕

진실로 그 덕을 따르라

　'덕(德)일랑 꼭 붙들고 욕(欲)일랑 반드시 뿌리쳐라.' 과거에는 이것이 내가 나를 닦는 큰길이라고 가르쳤다. 그래서 집을 나서면 '공손하라'는 말을 귀에 못이 박히도록 들어야 했다. 그런데 지금은 나가서 기죽지 말라고 자식을 꼬드겨 내보내는 세상이니 어찌 세상이 조용할 것인가. 너도나도 기죽지 않겠다면 세상은 아수라장이 될 수밖에 없는 일이다. 나는 너를 이기고 나가야 한다면 덕(德)은 없어져 버린다. 서로 앞서거니 뒤서거니 하면서 가는 길에 탈이 나지 않게 서로 마음을 써 주는 것이 곧 덕(德)을 좇는 길임을 우리는 모른다. 진실로 덕을 좇는 길을 잊어버린 탓이다. 덕을 어렵게 여길 것은 없다. 천지(天地)에 단비가 내려 초록이 풋풋해지고 싱싱해지는 모습이 바로 덕의 드러남이라고 여기면 된다. 우리 모두 함께 살게 하는 마음을 일러 덕이라 해도 틀린 말이 아니니 진실로 그런 덕을 따라가라. 그러면 꾀하는 일마다 밝아진다.

允 진실로 윤　迪 따를 적　厥 그것 궐　德 큰 덕

〔서경 〈1편 우서(虞書) 4장〕

寬 而 栗
관　이　율

너그럽되 엄숙하라

이래도 흥 저래도 흥 한다고 해서 마음씨가 좋은 것은 아니다. 잘잘못을 따져 잘한 것은 치켜세워 주고 못한 것은 일깨우면서 허물을 용서하는 마음이 곧 너그러움〔寬〕이다. 그래서 마냥 너그럽기만 한 사람은 끊고 맺음이 분명치 않아 맥이 없다는 말을 듣는다. 반대로 오뉴월 서릿발처럼 서슬 퍼런 사람은 무인도에나 가서 혼자 산다면 몰라도 사람들과 세상살이를 나누기 어렵다. 알밤이 없는 밤송이 같은 인간이 되지 말라 하지 않는가. 남의 약점이나 찔러 대고 남의 허점을 까발려 삼엄하게 구는 사람을 냉혈한(冷血漢)이라 하지 않는가. 그러니 줄창 너그러워도 안 되고 줄창 엄숙해도 안 된다. 밤송이처럼 처신해야 할 때도 있고, 고소한 밤알처럼 처신해야 할 때도 있는 법이다. 왜 관이율(寬而栗)을 구덕(九德)의 첫 번째에 두었을까? 중용(中庸)의 실마리를 생각해 보게 하고자 맨 앞에 두지 않았나 싶다. 이 말씀은 가을볕에 잘 여문 알밤을 드러낸 밤송이를 떠올리게 한다.

寬 너그러울 관　而 그리고 이　栗 엄할 율

《서경》〈1편 우서(虞書) 4장〉

柔 而 立
유　이　립

부드럽되 꿋꿋하라

물길은 늠름히 흐른다. 낮은 데를 찾아 길이 험하면 험한 대로 흘러가고, 가파르면 가파른 대로 내리꽂히며 흘러가고, 들판이면 들판을 따라 유유히 흘러간다. 물길 같은 마음이라면 부드럽되 꿋꿋하다 할 만하다. 아무것도 흘러가는 물을 막지 못하듯이 부드러운 마음은 한번 뜻을 세우면 허물어지지 않는다. 변덕스러운 사람은 부드러운 마음을 모른다. 한결같아야 마음이 부드럽지 그렇지 못한 마음은 종잡을 수 없어 늘 벼랑 끝을 마다하지 않는다. 끝자락을 좋아하면 나락으로 떨어지기 쉬운 법이다. 그래서 변덕스러운 마음은 늘 울퉁불퉁한 모랫벌 같아 진득하게 참고 기다릴 줄을 모른다. 물길을 보라. 늘 낮은 데로 흘러가는 물길을 보라. 물보다 더 부드러운 모습은 없다. 그런 물이 한번 길을 잡으면 태산도 막지 못한다. 태산이 막아서면 돌아서 흘러가는 물이요, 태산처럼 높은 둑을 만나면 채우고 채워 기다렸다 넘쳐 가는 물이다. 그런 물길처럼 부드럽되 꿋꿋한 마음을 간직하라.

柔 부드러울 유　立 꿋꿋이 설 입

《서경》〈1편 우서(虞書) 4장〉

愿 而 恭
원 이 공

성실하면서도 삼가 섬겨라

이제는 집단이니 중심이니 권위니 하는 것들은 물러가고 탈집단이니 탈중심이니 탈권위니 하면서 이성(理性)이 일구어 놓은 성곽들이 디지털(Digital)이라는 물결 앞에 쓸려 가고 있다. 인터넷(Internet)을 보고 있노라면 이런 외침이 뜬소문이 아님을 알 수 있다. 또 탈근대라는 말을 듣다 보면 개인만 가상 공간 속에 남고 다른 것들은 모두 걸거적거릴 것이 없다는 생각이 들어 섬뜩하기까지 하다. 가상 공간이라는 허허벌판을 나 홀로 내 마음대로 항해하는 자유를 누린다 하건만 홀로 항해하자면 분명 외롭고 두려울 것이다. 홀로 있을수록 성실하라는 옛 말씀이 떠오른다. 홀로 있을수록 삼가라는 말씀도 새삼스럽다. 앞으로는 개인이 판을 치는 세상이 올 것이 분명하니 말이다. 인터넷 세상에서는 법도 허망하고 권력도 허망하고 오로지 개인이 온갖 정보를 접하면서 세상과 관계를 맺을 터이니 개개인이 얼마나 중대한가. 그럴수록 저마다 성실하고 삼가 조심할수록 서로 사는 것이 아니겠는가.

愿 성실할 원 恭 삼가 섬길 공

《서경》〈1편 우서(虞書) 4장〉

亂 而 敬
난 이 경

다스리면서도 삼가 엄숙하라

난(亂)이라는 글자는 종잡을 수 없이 여러 갈래로 뜻을 낸다. 본래 뜻은 마음에 있는 것이니 마음을 혼란스럽게 하는 것이 바로 난(亂)이다. 어지럽다는 뜻이 되는가 하면 얽혀 갈피를 잡지 못하겠다는 뜻이 되기도 하고, 썩혀 두어 골라내기 어렵다는 뜻도 된다. 난리를 낸다는 뜻과 음란하다는 뜻도 있다. 이처럼 여러 가지가 비벼져 있는 글자가 난이다. 이렇게 여러 갈래의 뜻으로 엉클어진 마음을 다스리라는 뜻이 난에 숨겨져 있으니 난심(亂心)이라는 말을 잘 새겨들어야 할 판이다. 난심(亂心)은 불치(不治)의 마음이라는 말도 되는 동시에 치심(治心)도 되는 까닭이다. 어지러운 마음도 되고 다스려진 마음도 될 수 있는 난심은 사람의 마음먹기에 달린 마음씨다. 마음을 함부로 내버려두어도 난심이요, 내버려둔 마음을 거두어도 난심이다. 저마다 마음을 잘 다스려 세상살이를 하면서 삼가 엄숙하게 살라. 이렇게 산다면 어느 한 사람도 손가락질하지 않을 것이 틀림없다.

亂 다스릴 난 敬 공경할 경

《서경》〈1편 우서(虞書) 4장〉

擾而毅
요 이 의

순하되 굳세라

　요유의연(擾柔毅然)이라는 말이 이 말 요이의(擾而毅)에서
나온 셈이다. 어긋나지 말고 순하고 부드럽게 마음을 써라〔擾
柔〕. 그러면 살아가면서 남 앞에 쭈뼛거리지 않고 꿋꿋이 의
젓할 수 있다〔毅然〕. 그러나 지금 세상은 순(順)하면 망하는
줄 안다. 그래서 남보다 기갈을 세게 하려고 너도나도 애쓴
다. 그러나 이렇게 세게 나가다 보면 부러지고 마는 법이다.
무쇠가 왜 부러지겠는가? 억지로 세게 나부대다 보면 터지고
끊어지게 마련이다. 그러나 순하면 오히려 상대가 굽힌다. 억
지를 부리지 않고 따를 줄 아는 것이 곧 순(順)이다. 하늘을
따른다〔順天〕. 이치를 따른다〔順理〕. 어긋나지 않는 마음이 곧
순이다. 그러나 무턱대고 따르라는 것은 아니다. 하늘같다면
따르고 이치에 거슬리지 않으면 따르되, 그렇지 않으면 단번
에 뿌리치고 마음을 의젓하게 쓰면 된다. 그래서 순하되 굳세
라〔擾而毅〕는 것을 덕목(德目)으로 치는 것 아니겠는가. 순하
고 당당한 사람을 보면 대인(大人)을 만난 것처럼 반갑다.

擾 순할 요　毅 굳셀 의

《서경》〈1편 우서(虞書) 4장〉

直而溫
직 이 온

곧되 따뜻하라

　순 임금은 사람이 되는 덕목으로 직이온(直而溫)을 첫째로 꼽았다. 무엇보다 정직한 사람이 되라는 것이다. 남에게 정직하려면 자신에게 먼저 정직해야 한다. 다른 마음을 두지 말라는 것이다. 무엇을 숨기거나 감추는 것이 없는 마음이 곧 직(直)이다. 물론 직(直)을 직심(直心)으로 생각하면 왜 예부터 담담(淡淡)한 마음을 높이 샀는지 알 수 있다. 불길이 생겼을 때 물을 뿌려 불을 끄듯이 마음도 그렇게 하라. 그러면 마음속의 불길이 잡힐 것이고, 마음은 맑고 밝아진다 함이 직(直)이다. 이렇게 상상해서 안 될 것은 없다. 그렇다고 정직한 마음만 앞세우면서 서릿발처럼 살지 말라 함이 온(溫)일 것이다. 정직함을 앞세운 얼음장 같은 마음은 오히려 서슬 퍼런 칼날과 같아 소름만 끼치게 한다. 벌만 주려고 노리는 마음보다 용서할 수 있는 마음이 낙낙하지 않은가. 정직한 사람일수록 남을 헤아려 안아 들일 여유를 갖는다. 정직한 마음일수록 넉넉히 따뜻하라. 그러면 덕(德)이다.

直 곧을 직　溫 따뜻할 온

《서경》〈1편 우서(虞書) 4장〉

簡 而 廉
간 이 렴

간명하되 세심하라

　간명한 마음은 남을 의심하지 않는다. 일을 복잡하게 생각하면 할수록 없던 의심마저 생겨나는 법이다. 의심나기 시작하면 믿을 것이란 하나도 없다는 듯이 세상이 모두 두루뭉수리처럼 얽히고 만다. 그러면 실마리를 찾지 못해 어디서부터 풀어야 할지 모르게 된다. 생각을 얽히지 않게 하려면 생각해 볼 것들을 간명하게 여기고 살필 일이다. 그러면 이런저런 일들을 빗질하기 쉬워 가르마를 타기 쉽다. 간명하다고 엄벙덤벙 생각하지 말라 함이 염(廉)이다. 쉬울수록 잘 살펴라. 이런 마음씨를 염찰(廉察)이라 한다. 아주 쉬운 것을 잘 살피는 마음이 있어야 남들이 미처 몰랐던 것을 찾아낼 수 있다. 뉴턴(Isaac Newton, 1642~1727)은 사과가 떨어지는 것을 보고 중력(重力)을 알아냈다. 사과가 떨어지는 모습은 얼마나 간명한가. 사물을 간명하게 볼 줄 알면서도 마음을 세심하게 쓰는 사람이라야 아이디어를 만난다. 미래는 지식 사회라고 하니 간이렴(簡而廉)은 개인에게 필수 덕목인 셈이다.

簡 간명할 간 廉 세심할 염

《서경》〈1편 우서(虞書) 4장〉

剛而塞

강 이 색

단단하되 착실하라

깨지지 않는다고 단단한 것은 아니다. 둑을 쌓아 물길을 막으려면 자갈만으로는 안 된다. 틈새가 나서 물이 새는 탓에 자갈 둑을 부지하지 못한다. 틈새를 막아 단단히 하려면 진흙과 모래를 섞어야 한다. 흙벽을 보면 안다. 콘크리트를 보아도 안다. 시멘트만으로 반죽을 하면 마른 뒤에 금세 금이 나터지고 만다. 시멘트와 모래가 적당히 섞여야만 단단해진다. 단단해지려면 착실하지 않으면 안 된다. 굳센 마음일수록 착실해야 한다. 엄벙덤벙 적당히 해치우려고 해서는 굳셀 수가 없다. 믿을 수 있는 사람을 두고 착실하다 하지 않는가. 속이 꽉 찼다는 말이다. 속이 여물어 튼실한 모습을 두고 그득하다한다. 그득히 담을 수 있는 마음이란 틈이 없는 큰 그릇 같지 않은가. 밑이 빠져 버린 독은 아무리 단단히 구워졌다 한들 아무 소용이 없다. 틈새 하나 없는 단단한 질그릇과 같음이바로 강이색(剛而塞)이다. 굳세려면 허점이 없어야 하지 않는가. 덕(德)은 본래 틈새 없는 큰 그릇 같다고 한다.

剛 단단할 강　塞 채울 색

《서경》〈1편 우서(虞書) 4장〉

彊 而 義
강 이 의

굳세되 올바르라

약은 고양이 밤눈 어둡다는 말이 있다. 약은 척하다가 바보
가 된다는 말이다. 약삭빠른 사람치고 경우가 밝기란 어렵다.
그러면 남의 눈에 나기 쉽다. 남에게 눈치만 본다는 말을 듣
는 사람은 신용을 잃은 것과 같다. 왜 신용을 잃는가? 무엇이
옳은지 그른지를 살펴 가리지 못한 까닭에 싱거운 사람이 되
고 만 것이다. 싱거운 사람은 만용(蠻勇)을 마다하지 않기에
덥석 일을 내고야 만다. 하지 말아야 할 일인지 해야 할 일인
지를 살펴, 나서지 말아야 할 일이면 단호히 거부하고 해야
할 일이면 물불을 가리지 않는 것을 두고 굳세다고 한다. 본
래 강(彊)이란 경계를 말한다. 넘어야 할 선이 있고 넘지 말아
야 할 선이 있다. 올바르지 못하다면 넘지 말아야 할 것이고,
옳다면 과감하게 넘어서라. 멈칫거리면 남의 눈치나 살피게
되고, 음흉하면 비겁해진다. 비겁한 사람을 두고 울타리 타는
놈이라 하지 않는가. 약삭빠르게 들붙기만 한다면 비겁하다.
옳은지 그른지 단호하라. 덕(德)은 불의(不義) 앞에 굳세다.

彊 굳셀 강 義 올바를 의

《서경》〈1편 우서(虞書) 4장〉

天聰明自我民聰明
천 총 명 자 아 민 총 명

하늘이 듣고 보는 것은
우리 백성이 듣고 보는 것을 좇는다

온 세상 만물에게 두루 다 선한 것을 일러 하늘[天]이라 한
다. 하늘 아래 온갖 것들은 저마다 있어야 할 까닭이 있다.
그런 까닭을 사람의 마음이 살펴 간직한다면 선하게 마련이
다. 그런 선을 지닌 마음이 바로 하늘[天]이다. 인심(人心)은
천심(天心)이다. 옛날에는 이 말을 곧이 들었지만 지금은 자
기 편한 대로 써먹으려 하는 통에 세상이 시끄럽다. 요즘은
여론(與論)이라는 말을 앞세워 걸핏하면 자기 편한 대로 국
민을 팔려고 덤빈다. 진실로 백성을 알고 있는 무리라면 몰
라도 백성은 어느 한 편을 골라 섣불리 편들기를 싫어한다.
이런 백성을 어리석다고 여기는 무리가 있다면 그런 무리야
말로 바보 등신이다. 백성의 귀보다 더 밝은 귀는 없고, 백성
의 눈보다 더 밝은 눈은 없다. 그런 까닭에 백성이 듣고[聰]
보는 것[明]을 일러 천총명(天聰明)이라 한다. 가장 어리석은
무리가 백성을 얕보려고 한다. 그러나 그런 무리는 반드시
망한다.

天 하늘 천　聰 들을 총　明 바라볼 명　自 쫓을 자　我 우리 아　民 백성 민
《서경》〈1편 우서(虞書) 4장〉

天 明 畏 自 我 民 明 畏
천 명 외 자 아 민 명 외

하늘이 밝히고 두렵게 함은
우리 백성이 밝히고 두려워함을 따른다

백성은 언제나 폭군을 두려워하고 싫어한다. 그러면 그 폭
군은 어떠한 형벌이나 무기로도 백성의 두려움을 짓누르지
못하고, 결국 짓밟히고 만다. 이를 천벌(天罰)이라 한다. 백
성이 등을 돌렸을 때 왜 등을 돌리느냐고 따질 것 없이 그냥
물러나면 더러운 목숨이나마 부지할 수 있지만 백성을 얕보
고 꾸물대며 잔꾀를 부리다간 목을 잘리고 만다. 이 또한 천
벌이다. 옛날에는 황제(黃帝)를 일러 천자(天子)라 했지만 따
지고 보면 진정한 천자(天子)는 백성이다. 그런 까닭에 성현
(聖賢)은 늘 백성의 귀와 눈을 살폈지 군왕(君王)의 눈과 귀
에 매달리지 않았다. 백성이 두려워하는 것은 못살게 짓밟는
폭군의 행패와 그 패거리가 범하는 노략질이었다. 지금은 폭
군 대신 무서운 권력이 날을 세우고 있는 탓에 국민은 그런
권력의 날을 두려워한다. 백성이 보고 두려워하는 것은 얼마
가지 못한다. 하늘도 권력을 두려워해 천벌을 내린다. 권불
십년(權不十年)이라 하지 않는가.

明 밝힐 명 畏 두려워할 외 自 따를 자 我 우리 아

《서경》〈1편 우서(虞書) 4장〉

無 若 丹 朱 傲
무　약　단　주　오

단주(丹朱)처럼 거만하지 말라

　단주(丹朱)는 요(堯) 임금의 맏아들인 주(朱)를 말한다. 요
임금이 임금 자리를 물려줄 사람을 물었을 때 맏아들 주(朱)
가 계명(啓明)하다며 신하들이 추천하자 요 임금이 은송(嚚
訟)하다며 한마디로 거절하는 대화가 〈요전(堯典)〉에 나온다.
현명하게 될 터이니〔啓明〕 주를 후계자로 삼자는 제안을 단
칼에 요절내 버린 것이다.

　은(嚚)에는 입〔口〕이 넷이나 주렁주렁 붙어 있다. 말이 지
나치게 많다는 것이다. 말이 많으면 쓸 말이 없어져 헛말이
된다. 송(訟)은 조용히 해결할 것을 까발려 드러내 다툼을 벌
인다는 것이다. 단주(丹朱)는 헛소리를 해 신용이 없고, 말로
다투는 짓거리를 일삼았기에 요 임금은 자신의 맏아들을 물
리치고 천하에서 임금이 될 재목을 찾았던 것이다. 게으르고
노는 것만 탐하고 포악한 짓을 저지르다 굴러온 기회를 제
발로 차 버린 인간을 단주(丹朱)에 비유한다. 이보다 더한 욕
지거리는 없다. 남에게 오만하다는 말을 들으면 끝장이다.

無 하지 말 무　若 같을 약　丹 붉을 단　朱 붉을 주　傲 거만할 오
《서경》〈1편 우서(虞書) 5장〉

47

罔 水 行 舟
망　　수　　행　　주

물이 없는데 배를 띄운다

　뭍이면 수레를 굴리고, 물이 있으면 배를 띄운다. 이것이
이치에 맞는다. 물이 말라 없는 데서 한사코 배를 타려고 고
집하는 것은 얼토당토 않은 억지에 불과하다. 억지를 부려
되는 일이란 하나도 없다. 그런데도 억지를 고집해 어긋난다
면 행패(行悖)에 그치고 만다. 범하지 말아야 할 짓거리[悖]
를 범하면 사람은 저절로 미친개처럼 되고 만다. 이 얼마나
더러운 욕지거리인가. 가장 못난 인간을 두고 비아냥거릴 때
망수행주(罔水行舟)라는 말을 들이댄다. 그런 말을 들어서야
어찌 세상살이를 제대로 할 수 있겠는가. 그러나 세상에는
억지를 부리면서 어긋난 짓들이 끊이지 않는다. 이런 짓들은
아무리 험한 법으로 막으려 해도 안 된다. 마음을 고쳐 놓지
않는 한 억지를 부리는 인간이 되고 만다. 마음속에 숨어 있
는 제 욕심을 다스릴 줄 모른다면 물이 있는지 없는지도 모
르고 오로지 타고 갈 배만 눈에 들어온다. 그러면 어긋난 짓
거리를 범해 결국 망하고 만다.

罔 없을 망　水 물 수　行 행할 행　舟 배 주
《서경》〈1편 우서(虞書) 5장〉

惟 時 惟 幾
유　시　유　기

늘 정신차려 무슨 일이건 빌미를 살펴라

'가는 세월을 함부로 보내지 말라.' 하늘이 나에게 준 세월
은 단 한 번밖에 마주할 수 없다는 말이다. 바로 이 순간이
처음이요, 마지막이니 소중하지 않은 순간이란 없다. 오로지
때를 잊지 말라 함이 유시(惟時)가 아니던가. 어떤 일이든 그
저 그냥 일어나는 법은 없다. 그렇게 일어나야 할 까닭이 있
어서 일어나는 일이 아닌가. 아니 땐 굴뚝에서 연기가 나겠
는가? 그러니 연기가 나는 까닭을 살펴 두면 불날세라 아등
바등할 까닭이 없어진다. 일마다 숨겨져 있는 빌미를 눈여겨
살피는 마음이 곧 유기(惟幾)다. 늘 삶을 소중히 하라는 말씀
이 곧 유시요, 삶을 늘 삼가라 함이 곧 유기라고 생각한다면
남을 원망할 일이 없을 것이다. 이처럼 남에게 핑계를 대지
말고 늘 자신을 다스려 스스로 삶의 덫을 놓지 말아야 한다.
아무리 살얼음판 같더라도 겁 없이 쿵쿵거리지 않는다면 저
절로 깨질 일이 없는 것 또한 세상일이다.

惟 오직 유　時 때 시　幾 빌미 기
《서경》〈1편 우서(虞書) 5장〉

제2편

하 서
夏書

하서(夏書)

하(夏)는 우(禹)와 그 자손들이 다스렸던(BC 2205~BC 1767) 나라 이름이다. 원래 하서(夏書)는 우서(虞書)와 함께 있었다고 한다. 편(篇)을 갈라 하서라 함은 한(漢) 나라 사관(史官)의 기록이라는 말로 들어도 된다.

하서(夏書)의 요점

■ 1장 우공(禹貢)

공물 공(貢), 바칠 공(貢). 옛날에는 전세(田稅)를 부(賦), 제후(諸侯)들이 토산물(土産物)을 바치는 것을 공(貢)이라 했다. 요(堯) 임금 때 우(禹)는 토지에 따라 공부(貢賦)를 차등해서 바치게 했다. 이런 업적으로 우(禹)는 임금이 됐다.

■ 2장 감서(甘誓)

감(甘)은 지금의 섬서성 호현(鄠縣)에 있었다는 땅 이름이다. 하(夏) 나라의 임금 계(啓)가 유호(有扈)와 전쟁을 앞두고 감(甘)이라는 곳에서 군중에게 행한 훈시(訓示)다. 우(禹)는 순(舜)의 아들 상균(尙均)에게 양보하는 뜻으로 3년 뒤인 BC 2205년에 정식으로 임금이 되고, 이때부터 하(夏)나라가 시작된다. 우(禹)는 8년 동안 하 나라를 다스리다 죽고, 그 아들 계(啓)가 하 나라를 계승한다. 여기서는 BC 2105년의 일이다.

■ 3장 오자지가(五子之歌)

이 장은 교훈적이다. 오자(五子)는 계(啓) 임금의 아들인 태강(太康)의 다섯 동생을 말한다. 오자지가(五子之歌)는 다섯 형제가 노래했다는 뜻이다. 태강은 정사(政事)에 뜻이 없고 사냥을 일삼다 결국 나라가 기울어지는 바람에 예(羿)에 나라를 빼앗기고 쫓겨났다. 태강의 동생들과 그의 어머니가 낙수(落水)의 북쪽 물굽이에서 돌아오지 않는 태강을 기다리며 노래를 불렀다는 내용이다.

■ 4장 윤정(胤征)

윤(胤)은 나라 이름이고, 정(征)은 윗사람이 죄를 물어 아랫사람을 치는 것이다. 윤정(胤征)이란 윤(胤) 나라의 제후(諸侯)가 천자(天子)의 명을 받들어 직책을 잘 수행하지 않는 희씨(義氏)와 화씨(和氏)를 징벌했다는 말이다. 4장 또한 전군을 모아 놓고 한 훈시라고 보아도 된다.

六府孔修
육　부　공　수

여섯 가지 물자를 크게 다스려라

　육부(六府)란 물·불·쇠·나무·흙·곡식을 한마디로 묶
은 말이니, 육부를 민생(民生)이라고 옮겨 생각해도 안 될 것
은 없다. 이것들을 크게 다스리지 못하면 결국 백성은 굶주
릴 수밖에 없는 노릇이다. 백성이 편히 살 수 있게 육부를 갈
무리한다면 정치에 부정부패라는 꼬리표가 붙어날 리 없다.
'크게 다스려라.' 이는 나라가 백성을 위해 있다는 말로 들
어도 된다. 나라는 정치가를 위해 있는 것이 아니라 백성을
위해 있는 것이니 나라 안의 물자를 모든 시민을 위하도록
잘 다스린다면 시민이 정치를 못미더워할 턱이 없다. 사람이
살아가는 일은 예나 지금이나 다를 것이 없다. 어느 누가 썩
은 것을 좋아할 것인가. 썩은 정치는 호랑이보다 더 무섭다
하지 않는가. 지금이라도 육부를 공평하게만 잘 다스린다면
시민이 부아를 낼 일이란 없다. 육부를 크게 다스리는 일이
란 결국 민생을 돌보는 일이다.

　六 여섯 육　府 관청 부　孔 클 공　修 다스릴 수

《서경》〈2편 하서(夏書) 1장〉

54

民 可 近 不 可 下
민 가 근 불 가 하

국민은 가까이할 수는 있어도 얕볼 수는 없다

천지에 저 홀로 살 수 있는 것은 아무것도 없다. 서로 끼리 끼리 모여 사는 것이 생명의 습성이라고 보아도 된다. 영역을 두고 피를 흘리는 짐승의 무리를 보아도 함께 모여 사는 인연이란 질긴 끄나풀과 같다는 것을 알 수 있다. 오죽하면 길을 가다 옷자락만 스쳐도 인연이라 하겠는가. 하물며 더불어 살아가는 사람들이야 더 말할 것도 없다. 그러니 사람과 사람 사이에 의심의 다리를 놓지 말라 함이다. 사람이 사람을 의심하다 보면 같은 사람일지라도 더불어 살 수 없게 되어 버린다. 그러니 처음부터 가까이하고 함께 살기를 바란다면 마음속을 닫아 놓고 꽁할 것 없다. 가깝다고 해서 함부로 대해서는 안 될 일이다. 내가 남을 업신여기면 남은 나를 곱으로 업신여기게 마련이다. 그래서 상대를 저울질해 나보다 무거우면 높이고 나보다 가벼우면 얕보려는 성미가 있으면 망해 버리고 만다. 남들과 어울려 가까이하되 남들을 얕보지 말라는 말씀은 살아가는 데 참으로 밝은 등불이 된다.

民 백성 민 可 가할 가 近 가까이할 근 下 얕볼 하
《서경》〈2편 하서(夏書) 3장〉

民 惟 邦 本　本 固 邦 寧
민　유　방　본　본　고·방　령

국민이 오로지 나라의 근본이며
근본이 단단해야 나라가 편하다

　예부터 백성을 하늘이라 한 까닭이 있다. 임금이 있다고
해서 나라가 있는 것이 아니라, 터를 잡고 사는 백성이 있어
야 나라가 서는 까닭이다. 이는 옛말이 아니다. 오늘날 나라
의 주인은 더더욱 국민이다. 그러나 국민을 얕보고 마음대로
나라를 주물러 대려고 꾀를 부리는 독재자들 때문에 세상이
시끄러워진다. 백성이 근본임을 망각한 독재자가 있는 나라
는 아우성치는 소용돌이를 면치 못한다. 어찌 나라만 그러하
겠는가. 한 사람의 삶에서도 근본이 흐트러지면 편히 살기
어렵다. 근본을 단단히 해야 무엇이든 편안한 법이다. 그래
서 본고(本固)라는 것은 마음 편히 살게 하는 가르침이다. 그
렇다면 그 근본[本]이란 무엇일까? 이런저런 해답이 있을 테
지만 그냥 착한 마음씨라고 생각해도 크게 틀릴 것은 없을
성싶다. 마음이 선한 사람들이 세상의 근본이니 말이다. 그
런데 선한 사람이 그렇지 못한 패거리에게 당하는 세상이라
면 그런 세상은 불안할 뿐이다.

惟 오로지 유　邦 나라 방　本 근본 본　固 단단할 고　邦 나라 방　寧 편
안할 령　　　　　　　　　　　　　　　　《서경》〈2편 하서(夏書) 3장〉

不見是圖
불　현　시　도

드러나지 않았을 때 꾀하는 바를
바르고 곧게 하라

일어난 일은 다 피어 버린 꽃과 같다. 다 핀 꽃은 빛깔이며 모양새를 모두 드러낸다. 사람의 일이 다 피어 버린 꽃처럼 되었다면 이미 엎질러진 물이라고 여기는 것이 속 편하다. 하얗게 핀 꽃을 두고 왜 빨갛게 피지 않았냐고 투정한들 무슨 소용이 있겠는가. 사람의 일도 매양 그러하다. 나무는 제가 피울 꽃을 어김없이 피운다. 이는 나무가 제 일을 제대로 잘 치렀음을 말해 준다. 그러나 사람은 일이 잘못되면 남의 탓을 하거나 세상을 원망하고, 심하면 하늘이 무심하다며 통곡하기도 한다. 왜 이런 꼴을 당할까? 일이란 드러나기 전에 소홀한 면이 없지 않은지를 꼼꼼히 잘 살필수록 실패로 돌아가지 않는다. 시도(是圖)하라. 올바르게 하라〔是〕. 도모할수록 틈새 없게 미리미리 철저하게 단속을 해 두어야 허망한 꼴을 당하지 않는다. 앞으로 해야 할 일일수록 욕심내지 말고 분수에 맞게 꾀해야지 턱없이 욕심부리면 될 일도 안 되는 법이다. 일이 터지고 난 뒤에 땅을 친들 아무 소용없다.

見 드러날 현　是 바르고 곧을 시　圖 꾀할 도
《서경》〈2편 하서(夏書) 3장〉

天吏逸德 烈于猛火
천 리 일 덕 열 우 맹 화

천자의 벼슬아치가 덕을 잃으면
사나운 불길보다 더 매섭다

옛날에는 천리(天吏)라 했고, 요즘에는 관리(官吏)라 한다.
그러나 천리나 관리나 따지고 보면 결국은 백성의 심부름꾼
이라는 말이다. 물론 옛날의 벼슬아치들은 임금의 머슴 꼴이
었지만 임금이 곧 백성의 머슴이라는 생각이 곧 천자(天子)가
아니겠는가. 백성에게 군림하라고 천자가 되게 한 것이 아니
라 백성을 위해 뒷바라지하라고 임금[天子]이 되게 했다는 것
이 천명(天命) 아니던가. 그래서 폭군을 말할 때면 의례 천명
(天命)을 어긴 놈이라고 욕하고, 요새는 폭군을 독재자라고
한다. 그런 폭군 밑에서 붙어먹고 사는 벼슬아치에게 무슨 덕
이 있을 것인가. 벼슬아치의 덕이란 백성과 함께 동고동락(同
苦同樂)해야 일구어지는 법이다. 천자의 벼슬아치가 이런 덕
을 잃게 되면 폭군의 개가 되어 백성을 물어뜯는다. 왜 학정
(虐政)이 사람을 잡아먹는 호랑이보다 더 무섭다고 하겠는가.
학정은 백성의 애를 태우는 맹렬한 불길 같기 때문이다. 오장
육부를 다 태워 피를 말리게 하는 학정은 불길보다 세다.

天 하늘 천 吏 벼슬아치 이 逸 잃을 일 德 큰 덕 烈 매서울 열 于 ~
보다 더 우 猛 사나울 맹 火 불길 화　　　　《서경》〈2편 하서(夏書) 4장〉

威 克 厥 愛 允 濟
위　극　궐　애　윤　제

위엄이 사사로운 감정을 이겨내면
진실로 어려움을 벗어난다

　남을 압도하기 위해 눈알을 부라리면 스스로 자신의 위엄
(威嚴)을 저버리게 된다. 남들이 자신을 업신여기지 못하게
자신을 잘 추스르는 마음이 앞서면 저절로 위엄이 풍긴다.
그래서 위엄 있는 사람은 눈을 부라리기는커녕 오히려 부드
럽다고 한다. 남에게는 부드럽되 자신에게는 매서워야 절로
위엄이 선다. 그러자면 사사로운 감정을 억누를 줄 알아야
한다. 성질나는 대로 으르렁거리면 거릴수록 온 사방이 덫이
되고 만다. 사방이 그러하면 빠져나갈 구멍이 없어져 결국
자신도 덫에 걸려들고 만다. 세상살이를 하다 보면 사감(私
感)이 바로 자신이 놓는 덫이라는 것을 깨닫고 뉘우치게 될
때가 많다. 그 순간 '아 그렇구나' 하고 마음을 칠 때 위엄의
참뜻이 가슴에 와 닿는다. 그런 심경을 맛본다면 위엄이 사
사로운 감정을 이겨야 진실로 이긴다는 말뜻을 절로 새겨 둘
수 있다.

威 위엄 위　克 이길 극　厥 그 궐　愛 동정할 애　允 진실로 윤　濟 어려
움을 벗어날 제　　　　　　　　　　　　《서경》〈2편 하서(夏書) 4장〉

상 서
商書

상서(商書)

상(商)은 탕(湯) 임금이 하(夏) 나라 걸(桀) 임금을 쳐내고
세운 나라 이름이다. 탕 임금은 요(堯) 임금 때 사도(司徒)의
벼슬을 지낸 설(契)의 14세손이다. 설이 공을 세워 상 땅에
봉(封)함을 받고 다스렸다. 상은 지금의 협서성(陝西省) 상현
(商縣)이다. 탕은 나라를 세운 뒤에 이름을 상이라 정하고,
박(亳) 땅에 도읍을 정했다. 박은 지금의 하남성(河南省) 상
구현(商丘縣)이다. 그 뒤 17대에 반경(盤庚) 임금에 이르러 도
읍을 은(殷) 땅으로 옮기고 국호(國號)를 은(殷)으로 고쳤다.
상서(商書)는 상 나라에 관한 사관의 기록이다.

상서(商書)의 요점

■ 1장 탕서(湯誓)

하(夏) 나라는 대가 내려갈수록 문란해져 걸(桀) 왕에 이르
러 극에 달했다. 폭군의 대명사인 걸주(桀紂)의 걸(桀)이 바
로 하 나라의 마지막 왕이다. 이때 이윤(伊尹)이라는 현자가

나타나 덕망이 높은 탕을 도와 걸을 치게 했다. 탕이 걸을 치기 전에 박 땅에서 전군을 모아 놓고 훈시한 것을(BC 1766) 사관이 적어 둔 것이다.

■ 2장 중훼지고(仲虺之誥)

중훼(仲虺)는 사람 이름으로, 하 나라에서 거정(車正)이라는 벼슬을 지낸 설(薛) 땅의 제후인 해중(奚仲)의 후손이다. 중훼는 탕 왕의 좌상(左相)이었다. 고(誥)는 고한다는 뜻이다. 군사 앞에서 하는 훈시를 서(誓)라 하고, 일반 관민(官民) 앞에서 훈시하는 것을 고(誥)라 한다. 2장의 내용은 탕 왕이 걸을 치고 돌아오는 길에 대경(大坰)이라는 땅에서 중훼가 탕 왕과 여러 사람들 앞에서 고한 것(BC 1767)이다.

■ 3장 탕고(湯誥)

걸(桀)을 내치고 박(亳) 땅에 돌아와 걸을 쳐낸 대의(大義)를 밝히고 있다. 즉위(卽位)에 임해서 행한 연설인 셈이다.

■ 4장 이훈(伊訓)

이(伊)는 이윤(伊尹)으로, 탕 왕 때의 재상(宰相)이다. 이름은 지(摯)로, 본래는 농부(農夫)였으나 탕 왕을 도와 덕치(德治)를 하게 하고 무도한 걸을 치게 했다. 탕 왕이 죽자 그의 손자 태갑(太甲)이 나라를 계승했다. 그러나 태갑이 무도하여 동(桐) 땅으로 내쳤다가 삼 년 뒤 태갑의 뉘우침을 보고 다시 박으로 데려왔다. 탕 왕에게 이윤은 요 임금의 순, 순 임금의 우, 우 임금의 익과 같은 절대적인 존재였다. 4장은 이윤이 젊은 태갑에게 한 훈계다.

■ 5 · 6 · 7장 태갑(太甲) 상 · 중 · 하

태갑(太甲)이 왕위에 올랐으나 제대로 임금 노릇을 못하니 이윤(伊尹)이 나서서 다시 임금에게 해 준 교훈을 내용으로 하고 있다. 이 세 장을 묶어 《사기(史記)》에서는 태갑훈(太甲訓)이라고 한다. 상편은 내용이 독립되어 있으나 중 · 하 두 편은 왜 갈라놓았는지 그 까닭이 분명치 않다. 임금 노릇을 잘못한다고 훈계할 수 있는 신하가 있었던 세상은 법이나 제도보다 사람을 중심에 두고 세상을 살았던 셈이다.

■ 8장 함유일덕(咸有一德)

임금에게만 덕이 있어도 안 되고 신하에게만 덕이 있어도 안 된다는 뜻의 함(咸)이다. 군신(君臣)이 모두 다 함께라는 뜻으로 함(咸)을 새기면 된다. 일덕(一德)이란 한 가지 덕이라는 말이 아니라 모두 다 같이 후덕(厚德)해야 한다는 뜻으로 새겨듣게 하고자 이윤(伊尹)이 태갑(太甲)에게 준 충고인 셈이다. 《사기》에서는 이 8장이 탕고(湯誥) 뒤에 있어야 한다는 주장을 펴기도 하지만 태갑을 뉘우치게 해 성군(聖君)으로 이끌려는 이윤을 만날 수 있는 장이다.

■ 9 · 10 · 11장 반경(盤庚) 상 · 중 · 하

반경(盤庚)은 도읍을 은(殷) 땅으로 옮겨 상(商) 나라의 중
흥(中興)을 꾀한 임금이다. 반경은 BC 1402~BC 1373 동안
재위했다. 이때부터 나라 이름을 상(商)이 아닌 은(殷)으로
바꿔 부르기 시작했다. 태갑(太甲)으로부터 15번째 임금이
다. 상 나라는 탕 왕(湯王) 이후로도 여러 번 도읍을 옮겼다.
백성이 황하(黃河)를 건너 은 땅으로 가기를 싫어하자 반경
이 백성을 깨우치는 내용을 사관이 기록한 것이다.

■ 12 · 13 · 14장 열명(說命) 상 · 중 · 하

열(說)은 고종(高宗)인 무정(武丁 BC 1324~BC 1265)의 재상
(宰相) 이름이다. 무정(武丁)은 꿈속에서 어진 사람을 만난
뒤에 그 어진 이를 백방으로 찾다가 부암(傅巖)이라는 곳에
서 열(說)을 만났다. 그래서 열(說)을 부열(傅說)이라고도 한
다. 반경(盤庚) 이후 두 임금〔小辛 · 小乙〕이 은(殷)의 국세(國
勢)를 약화시켰는데, 무정이 다시 중흥시켰다. 무정은 덕을
갖추고 덕치를 베풀어 고종(高宗)이라 불린다. 무정이 열(說)
을 재상으로 삼은 뒤 열이 훈계가 될 명령을 내렸다. 그러나
중하(中下) 장은 열명(說命)이라기보다는 오히려 열고(說誥)
라고 해야 할 내용이다.

■ 15장 고종융일(高宗肜日)

고종(高宗)은 무정(武丁) 임금의 시호(諡號)다. 융일(肜日)이
란 제사를 지내고 난 다음 날 다시 올리는 제사를 말하고, 융
일 앞에는 제사를 받는 사람의 이름이 온다. 그러므로 15장
은 무정을 제사지냈음을 뜻한다. 임금이 덕으로써 행하지 않
으면 아무것도 바로잡을 수 없음을 밝히는 장이다.

■ 16장 서백감려(西伯戡黎)

서백(西伯)은 주(周) 나라 문 왕(文王)이고, 감려(戡黎)는 나
라 이름이다. 감려의 제후가 무도하여 문 왕이 이를 쳤다. 이
때 은(殷) 나라는 천자의 나라였지만 은 왕(殷王) 주(紂)는 폭
군 중에 폭군 노릇을 자행하고 있었다. 문 왕이 덕을 잃어버
린 감려를 치는 것을 보고 어진 신하였던 조이(祖伊)가 주 왕
에게 직언하는 장이다. 임금이 방탕하게 놀아나니 스스로 나
라의 수명을 끊은 것이라고 간(諫)하고 있다.

■ 17장 미자(微子)

미자(微子)는 제을(帝乙)의 맏아들이자 주 왕의 배다른 형
이다. 《사기》에는 미자의 모친이 천한 집안 출신이어서 왕위
에 오르지 못했다고 전한다. 포악한 주 왕을 보고 은(殷) 나
라를 떠나기 위해 보사(父師)인 기자(箕子)와 소사(小師)인 비
간(比干) 등과 상의한 내용을 담은 장이다. 은 나라, 즉 상

(商) 나라가 완전히 망하기 한 해 전의 일이라고 한다(BC 1113).

予 恐 來 世　以 台 爲 口 實
여　공　래　세　　이　이　위　구　실

나를 갖고 입질거리가 될세라 앞날이 두렵다

　　남의 입질에 자신이 오르내리는 것을 두려워하는 사람은
참덕(慙德)하지 못한다. 덕을 잃고 부끄러워지는 꼴〔慙德〕을
겁내지 않는 사람은 반드시 남의 입질에 올라 도마질을 당하
게 마련이다. 살다 보면 남의 입질에 오르내릴 수도 있지 않
느냐고 변죽 댄다면 그런 변죽은 시치미로 통하기 쉽다. 후
덕하기 어렵다는 것은 남에게는 후하면서도 자신에게는 매
정한 마음가짐을 요구하는 까닭이다. 옛날 부모들은 후덕하
면 남의 입질에 올라도 난도질당할 리 없다는 말을 거의 날
마다 자식들에게 되뇌어 주었다. 그러나 지금은 참덕이 얼마
나 어리석은 짓인가를 주목하기는커녕 후덕하면 얼빠지기
쉽다고 기를 세우면서 아등바등 씨름하는 듯 삶을 대하려는
사람들이 너무나 많다. 그래서 여기저기서 남을 흉보면서 말
은 씹어야 제맛이라고 떠들어대는 사람들이 많아지는가 싶
다. 그래도 자신이 남의 입질에 올라 구실(口實)거리가 되기
를 두려워하는 사람이 높다.

予 나 여　恐 두려워할 공　以 쓸 이　台 나 이　爲 삼을 위　口 입 구　實
열매 실
　　　　　　　　　　　　　　　　　《서경》〈3편 상서(商書) 2장〉

能 自 得 師 者 王
능 자 득 사 자 왕

스스로 스승을 얻을 수 있는 사람은
왕 노릇을 한다

　세 사람만 모여도 그중에 내 선생이 있다고 했다. 살기를
바라는 바대로 잘 경영하고 싶다면 선생을 찾을 줄 알아야
하고, 살기를 원하는 대로 훈훈하기를 바란다면 벗을 찾을
줄 알아야 한다. 선생은 회초리를 건네주어 스스로 삼가 살
기를 일깨워 주므로 사람들 틈에서 모나지 않는 길을 찾게
한다. 늘 듬직하고 건방떨지 말라고 가르치는 분이 선생 아
니던가. 임금 노릇을 하고 싶다면 궁궐을 꿈꾸지 말고, 산수
(山水)를 닮아 살라고 했다. 이는 군림하는 임금은 폭군(暴君)
이지만 백성을 산처럼 물처럼 여기고 돌보는 임금은 왕자(王
者)라는 말씀이다. 즉 궁궐 속에만 임금이 있다고 여길 것 없
다는 말이다. 스스로 자신의 선생을 찾아낼 줄 안다면 언제
어디서나 임금 노릇을 한다는 말을 비웃지 말라. 잘난 사람
은 졸개 노릇을 잘하고 듬직한 사람은 임금 노릇하기 쉽다는
말을 옛날에는 자주 했다.

能 능할 능　自 스스로 자　得 얻을 득　師 스승 사　者 놈 자　王 임금 노
릇할 왕　　　　　　　　　　　　　　　　　　《서경》〈3편 상서(商書) 2장〉

謂 人 莫 己 若 者 亡
위 인 막 기 약 자 망

남을 두고 자기만 못하다고 말하는 자는 망한다

'하룻강아지 범 무서운 줄 모른다.' 자만이 지나쳐 건방떠
는 사람을 두고 빈정댈 때 흔히 입에 올리는 속담이다. 저 잘
났다고 목에 힘주고 세상을 얕보는 사람이 어찌 제 뜻을 이
룰 것인가. 자기를 드러내고 자기 자랑을 일삼는 사람은 제
손에 든 도끼로 제 발등을 찍고야 만다. 이 얼마나 어리석은
가. 그러나 건방져 자만하는 인간은 제 손에 든 도끼가 제 발
등을 찍지 않고 누구든 덤비면 찍어 버리겠다고 객기(客氣)
를 부리며 거드름을 피운다. 그런 인간은 늘 세상 탓을 하면
서 아우성치지만 세상 사람들은 그를 거들떠보려고도 하지
않는다. 옛날 부모들은 자식들에게 세상에 나가서는 늘 겸허
(謙虛)하라고 가르쳤다. 세상을 얕보면 세상은 험하기 짝이
없고, 세상을 높이 보면 세상은 설 자리 앉을 자리를 가려 볼
줄 아는 빛을 건네준다. 그런 까닭에 세상보다 낳은 선생은
없다고 한다. 세상 무서운 줄 모르고 자기만 잘났다고 우쭐
대는 것은 참으로 어리석은 일이다.

謂 일컬을 위 人 사람 인 莫 아니할 막 己 나 기 若 같은 약 者 놈 자
亡 망할 망   《서경》〈3편 상서(商書) 2장〉

好 問 則 裕　自 用 則 小
호　문　즉　유　　　자　용　즉　소

묻기를 마다 않으면 곧 넉넉하고
제 생각만 고집하면 곧 옹색해진다

상대의 마음을 읽으려면 상대를 엿보거나 눈치를 살펴서는 안 된다. 탁 터놓고 상대에게 솔직하게 의견을 물을수록 서로 마음을 열게 된다. 서로 마음을 열어야만 감춘 속셈이 없어진다. 그러면 서로의 관계가 밝아지고 맑아진다. 긴장할 것도 없고 경계할 것도 없어지면 마음은 절로 넉넉해지게 마련이다. 넉넉한 마음을 일러 만족(滿足)이라 한다. 노자는 만족할 줄 아는 이가 제일 부자라고 했다. 틀림없는 성현의 말씀이라고 생각된다. 그러나 제 고집만 앞세우면서 나 아니면 안 된다고 우기는 사람치고 꽁생원 아닌 사람이 없다. 마음이 작은 사람은 남을 공연히 의심하고 시샘하기를 일삼는다. 제 마음을 닫아 두고 남의 마음을 열라고 해서 씨가 먹힐 리 있겠는가. 너를 칠 터이니 네 성문(城門)을 열어 달라고 억지를 부린다면 어느 누가 선선히 성문을 열어 주겠는가. 오히려 더 단단히 성문을 걸어 잠그고 말 것이다. 세상살이를 이렇듯 꽁하게 해서는 안 된다.

好 좋아할 호　問 물을 문　則 곧 즉　自 자기 자　用 쓸 용　小 작을 소
《서경》〈3편 상서(商書) 2장〉

愼厥終 惟其始
신 궐 종 유 기 시

그 마지막을 삼가려거든 그 처음부터 그래야 한다

'첫 단추부터 잘 끼워라.' 이는 일을 하려면 처음부터 정성을 다하라 함이다. 주섬주섬 일해 놓고 잘되기를 기대하는 것은 요행을 바라고 꼼수를 두는 것과 다를 것이 없다. 대충대충 해서 잘될 일은 하나도 없다. 사자가 토끼 한 마리를 잡는 데도 온 정성을 다 쏟는다 하지 않는가. 사소한 일일수록 더욱 신경 쓰다 보면 큰일도 수월하게 이루어지기 쉽다. 그래서 그물질을 잘하려면 벼리를 잘 잡고 던지라고 한다. 처음이 잘되어야 나중도 잘되는 까닭이다. 시종여일(始終如一)하면 안 될 일도 잘된다. 처음과 끝이 한결같다면 절로 성실하고 정성스러울 터이니 일이 꼬여 잘못되지 않을 것이라는 말이다. 처음을 대충대충해 두고 끝에 가서야 온 힘을 다한들 기초가 부실하니 잘될 수 없는 노릇이다. 그러나 따먹을 열매만 생각하다 보면 나무를 처음부터 잘 길러야 한다는 생각을 놓치기 쉽다. 부실한 나무를 두고 나무 탓을 해서야 될 것인가. 끝이 아니라 처음이 중하다.

愼 삼갈 신 厥 그 궐 終 마지막 종 惟 오로지 유 其 그 기 始 처음 시
《서경》〈3편 상서(商書) 2장〉

天 道 福 善 禍 淫
천 도 복 선 화 음

하늘의 법도는, 착하면 행복을 내리고
간사하면 불행을 내린다

하늘이 두렵지 않느냐?. 옛날에는 이 말을 믿었지만 지금
은 이 말을 싱겁게 여긴다. 그러나 하늘〔天〕이란 곧 세상을
말한다고 여기면 생각이 달라질 것이다. 사필귀정(事必歸正)
이라는 말씀도 결국엔 하늘을 두려워하라 함이다. 착한 일을
하면 상을 받을 것이고, 그른 짓을 하면 벌을 받을 것이라는
말이다. 그러나 언뜻 보면 못된 짓을 하고도 잘되는 경우가
있는 것처럼 보일 때가 있다. 그러나 결국에는 손목에 쇠고
랑을 차고 세상 앞에 나서지 못하고 벙거지로 제 얼굴을 감
추고 끌려가는 꼴을 당하고 만다. 어찌 손바닥으로 하늘을
가릴 것인가. 하늘이 내려다보고 땅이 쳐다보는 데서 어찌
허튼 짓거리를 범할 것인가? 이런 다짐을 하고 세상살이를
헤쳐 나가는 사람은 결국 밝은 웃음을 짓고 세상 앞에 당당
하게 서서 환호한다. 그러나 못된 짓거리를 범하면 반드시
벌을 받아 불행을 자초하고 만다. 세상은 한 치의 틈도 없어
빠져나갈 구멍이 없다 하지 않는가. 세상이 곧 하늘이다.

天 하늘 천 道 법도 도 福 행복 복 善 착할 선 禍 불행 화 淫 간사할 음
《서경》〈3편 상서(商書) 3장〉

罔不在初

망 부 재 초

처음부터 있지 않음이 없었다

　망부재초(罔不在初)는 망부덕재초(罔不德在初)를 줄인 말이다. 무슨 일이든 처음부터 덕(德)을 떠나서 하지 말라 함이다. 부덕(不德)해서 될 일이란 없다. 망부재(罔不在)란 있지 않음[不在]이 없다[罔]는 말이니 반드시 있다는 것과 같다. 무엇이 그러하다는 말일까? 처음부터 덕 없이 비롯된 것은 없다는 말로 들어야 할 것이다. 덕을 베풀던 어버이를 닮지 못하고 부덕함을 자책할 때 불초(不肖)하다 한다. 내가 부덕한 탓에 어버이마저 욕되게 하는 경우를 무슨 일이 있어도 범하지 말라는 것이다. 과거에는 조상 탓을 하지 말고 조상에게 누(累)가 되는 짓을 범하지 말라는 것이 바른 삶이었다. 그러나 이제는 그런 삶은 거의 거들떠보려고도 하지 않는 세태로 몰아가는 중이다. 그러고 보니 일마다 덕을 생각하며 시작하는 경우가 사라져 버리고 말았다. 아무리 정직하자고 하지만 그렇게 안 되는 까닭이 처음부터 덕을 무시하고 일을 꾀하는 데 있음을 언제쯤에나 알게 될까?

罔 없을 망　不 아닐 부　在 있을 재　初 처음 초
《서경》〈3편 상서(商書) 4장〉

立 愛 惟 親
입 애 유 친

사랑을 실천하되 집안 사람부터 사랑하라

입애(立愛)는 연애(戀愛)와는 상관이 없다. 연애는 누구나 할 수 있지만 입애는 아무나 하지 못한다. 남들을 사랑하는 일은 자연스럽게 이루어져야 한다. 그래서 남을 사랑하기란 참으로 어렵다. 마음이 넓지 않고서는 남을 소중히 여기기가 어렵다. 소중히 여기는 마음가짐이 없어서는 남을 사랑하기가 어렵다. 남을 사랑하는 일을 실천하자면 무엇보다 마음이 넓고 깊어야 한다. 넓고 깊은 마음을 처음부터 갖추고 태어나는 것은 아니다. 자라면서 깊은 마음을 간직할 수도 있고 얕은 마음을 간직할 수도 있다. 그러니 부모가 자식의 마음가짐에 깊이를 더할 수도 있고 덜 수도 있다고 생각해도 된다. 오죽하면 콩 심은 데 콩 나고 팥 심은 데 팥 난다고 하겠는가. 집안에서부터 집안 사람들끼리 서로 사랑하는 연습을 하라는 것이 유친(惟親)이다. 집안은 콩가루로 만들어 놓고 사회에 나와서 박애(博愛)를 외치는 것은 거짓부렁이다. 집안부터 화목하게 한 다음 세상을 향해 나가라는 말이다.

立 이루어질 입 愛 사랑할 애 惟 오직 유 親 육친 친
《서경》〈3편 상서(商書) 4장〉

立 敬 惟 長
입   경   유   장

공경을 실천하되 늙은이부터 공경하라

　입으로만 모신다고 말하지 말고 모시는 마음가짐을 행동으로 옮겨라. 삼가 받들어 모시는 마음가짐이란 하늘을 두려워하는 마음가짐과 통한다. 그런 마음은 선하지 악할 리가 없다. 늘 착한 삶이 바로 경(敬)이다. 또 그렇게 사는 것이 입경(立敬)이다. 그러나 그렇게 살지 않으면 무엄(無嚴)하다고 한다. 삶을 두려워하지 않고 사는 것은 결국 뉘우치지 않고 사는 꼴이다. 그래서 무엄한 삶은 허튼 삶이게 마련이다. 삶을 되는대로 살면 입경(立敬)은커녕 사람 노릇하기도 어렵다. 아무리 세상이 변한다 해도 노약자를 챙기고 도와주는 사람을 손가락질할 리가 없다. 적인(狄人), 즉 여진족(女眞族)을 손가락질했던 것은 그들이 힘센 사람을 윗자리에 앉히고 힘없는 사람을 업신여기는 꼴로 살았던 까닭이다. 완력(腕力)만 앞세우면 세상은 싸움판이 되고 만다. 그러나 요즘은 점점 적인을 닮아 간다는 생각이 앞서 오싹할 때가 많다. 입경(立敬)이 무너지면 세상도 따라 무너진다.

敬 공경할 경　長 늙은이 장

《서경》〈3편 상서(商書) 4장〉

與 人 不 求 備
여 인 불 구 비

사람에게 다 갖추기를 요구하지 말라

  속이 깊은 사람은 따지기보다 용서하는 쪽을 택한다. 용서할 줄 아는 사람은 실수를 눈감아 주고 누구나 다 그런 실수를 한다며 다독여 다음 일을 하게 한다. 그러나 꼬치꼬치 캐묻기를 좋아하는 사람은 바늘 끝과 같아 옆 사람을 늘 조마조마하게 만든다. 오죽하면 바늘방석에 앉은 것 같다는 말이 있겠는가. 이처럼 속이 좁은 사람일수록 남에게 완벽하기를 요구한다. 그러나 세상에 완벽한 사람이란 없다. 그럼에도 불구하고 완벽한 사람이 있기를 바라는 것은 달을 보고 짓는 개의 꼴과 다를 것이 없다. 안 될 일을 하라고 하는 것도 마찬가지다. 이렇게 사람에게 완벽하기를 요구하면서 무엇이든 다 갖추고 임하라는 듯이 살기등등하면 될 일도 안 되는 법이다. 진정 영리한 사람이 되고 싶다면 어수룩한 데가 있어야 한다. 그러면 옆 사람도 덩달아 여유를 지녀 긴장할 때 놓쳤던 것들이 눈에 들어오고, 놀라운 능력이 생겨난다. 그러니 사람을 조이지 말고 여유를 두고 기다려라[與人不求備].

與 더불어 여 不 아니 불 求 청할 구 備 갖출 비
《서경》〈3편 상서(商書) 4장〉

檢 身 若 不 及
검 신 약 불 급

자신을 단속함이 늘 부족한 듯하게 한다

수신(修身)·수신(守身)·신독(愼獨) 등은 모두 검신(檢身)하라는 말씀으로 통한다. '자신을 먼저 엄하게 다스려라〔檢身〕.' 자신에게 관대한 사람일수록 남에게 옹색하고, 남에게 관대한 사람일수록 자신에게 엄격할 줄 안다 함이다. 나를 강조하다 남이 그만큼 작아진다는 것을 몰라보는 것을 일러 욕(慾)이라 하지 않는가. 내 몫이 커지면 남의 몫이 그만큼 작아진다는 이치를 알려면 무엇보다 검신(檢身)하기를 철저히 하라 함이 공자가 바라던 수기(修己)요, 노자가 바라던 무기(無己)가 아니던가. 그러나 지금은 이런 말을 하면 몰매 맞기 십상이다. 자신을 죽이고 남을 살리라고 하면 어느 누가 옳소 하겠느냐고 삿대질을 당하게 마련이다. 그런데 달리 생각해 보면 그렇지 않다는 생각이다. 내가 나를 낮추면 남도 나를 따라 자신을 낮춘다는 생각에 미치면 검신(檢身)을 엄하게 하라는 말이 헛된 소리로만 들리지는 않을 것이다. 오만한 사람치고 끝이 훤한 사람이 없지 않은가.

檢 단속할 검 身 몸 신 若 같을 약 及 미칠 급
《서경》〈3편 상서(商書) 4장〉

天作孽猶可違 自作孽不可逭
천 작 얼 유 가 위 자 작 얼 불 가 환

하늘이 짓는 얄궂음은 어길 수 있어 보이지만
스스로 짓는 탈은 면할 수 없다

때로는 하늘이 얄궂다는 생각이 들 때가 있다. 겨울이 되어 살을 에이는 듯한 바람이 불면 솜옷을 입어 추위를 피한다. 반대로 여름이 되어 팥죽 같은 땀을 흘릴 만큼 더우면 그늘을 찾거나 물가로 나가 몸을 식힌다. 이렇게 요령껏 하늘이 짓는 얄궂음〔天作孽〕을 어기고 피할 줄 안다. 따지고 보면 과학의 이기(利器)는 천작얼(天作孽)을 어기려는 인간들의 꾀다. 천지의 입장에서 본다면 사람은 참으로 영악한 꾀돌이다. 무성한 초목은 여름을 반기고, 북극곰은 차가운 겨울을 즐기지 않는가. 천지는 사람만 위해 주지 않는다. 그러니 천작얼을 두고 하늘의 허물이라고 입방아를 찧어서는 안 될 일이다. 그러나 자작얼(自作孽)이라는 것은 정신나간 사람이 범하기 쉬운 허물이다. 스스로 짓는 허물〔自作孽〕은 탈을 내고 만다. 탈이란 바라던 바가 아니니 탈이 나면 사람들은 얄궂다고 투덜댄다. 한번 쏟은 물은 주워 담을 수 없듯이 스스로 지은 얄궂음은 탈이 되고 허물이 되어 면할 수 없다.

孽 얄궂을 얼 猶 같을 유 違 어길 위 自 스스로 자 天 하늘 천 作 지
을 작 逭 면할 환   《서경》〈3편 상서(商書) 6장〉

無 時 豫 怠
무　시　예　태

늘 편하면서 게을리하지 말라

나 하나 편하면 그만이지 남이야 불편하든 말든 내가 알
바 아니다. 힘든 일은 남이 하고 나는 편한 것만 찾아서 적당
히 하면 된다. 이렇게 생각하고 사는 사람보다 더 게으른 인
간은 없다. 게으름을 피우려는 마음은 제 몸뚱이만 생각하고
마음 쓰기를 멈추려고 할 때 드러나는 버르장머리다. 무언가
뜻을 세워 이루고자 하는 사람은 가 버리는 세월을 빈둥거리
며 내버려두지 않는다. 꿈이란 무엇인가? 지난 삶보다 다가
올 삶을 좀 더 부끄럽지 않게 마주하려는 바람이 아닌가. 그
래서 꿈을 가져야 살맛이 난다고 한다. 입맛이 없으면 먹기
싫듯이 꿈이 없으면 살맛이 나지 않는 법이다. 살맛을 느끼
고 그 맛을 보려고 꿈꾸는 사람은 제 몸 하나만 편하기를 바
라고 살지 않는다. 나를 위해 하는 일이 곧 남을 위해 하는
일임을 깨우쳐야 살맛을 맛보게 된다. 그러자면 늘 마음을
쓰면서 삶의 주변을 배려하게 돼 빈둥거릴 틈이 없다.

無 하지 말 무 時 늘 시 豫 편이할 예 怠 게으를 태
《서경》〈3편 상서(商書) 6장〉

80

奉 先 思 孝
봉　　선　　사　　효

조상을 받들 때는 효도를 생각하라

　　고려장(高麗葬)이라는 말이 있다. 부모가 늙으면 달포 정도
먹고 견딜 먹거리와 함께 늙은 부모를 굴속에 집어넣고 출입
문을 봉해 버리던 때가 있었다. 먹고살기 힘들어하는 자식들
을 위해 늙은이가 그렇게 생매장해 주기를 바랐는지도 모를
일이나 고려장은 괘씸한 짓임에 틀림없다. 낳아 길러 준 어버
이를 고맙게 여긴다면 고려장 같은 짓은 엄두도 못 낼 것이
다. 그런데 지금도 고려장이 없는 것은 아니다. 늙고 병든 부
모를 길가에 내버려두고 도망친 자식들의 이야기가 종종 세
상에 알려지니 말이다. 이런 세태이니 제사(祭祀)를 올리는
풍속마저 거추장스럽게 여기는 기미가 짙어져 간다. 옛날처
럼 위패(位牌)를 모시고 근엄하게 제사를 올리지는 못하더라
도 기일(忌日)에 돌아가신 부모를 생각하고 조상을 생각해 보
는 예(禮)를 정중히 갖추어 '살아 계셨을 적에 좀 더 잘 모실
걸' 하는 순간을 마주하면 좋을 것이다. 그러면 그 순간 절로
효(孝)를 생각하게 된다. 효도(孝道)란 낡은 길이 아니다.

奉 받들 봉　先 조상 선　思 생각할 사　孝 효도 효
《서경》〈3편 상서(商書) 6장〉

接 下 思 恭
접 하 사 공

아랫사람을 대할 때는 공손함을 생각하라

　자신을 낮추라〔接下思恭〕는 말은 이제 거의 용납되지 않는
다. 경로석에 앉은 젊은이를 조금 심하게 꾸짖은 한 늙은이
가 결국엔 그 젊은이의 칼에 맞아 죽은 일이 있었다. 이 일은
결국 한 늙은이의 횡사(橫死)와 한 젊은이의 살인(殺人)으로
취급되고 말았다. 접하사공(接下思恭)은 자비(自卑)와 같은
말이다. 그럼에도 불구하고 자비(自卑)의 교육이 필요하다는
여론은 일지 않았다. 그 젊은이가 조금이라도 그런 교육을
받았더라면 살인범으로 인생을 망치지는 않았을 것이고, 노
인 역시 자비의 예를 지킬 줄 알았더라면 죽임을 당하지 않
았을 것이다. 경로석이 비었으면 잠시 앉았다가 선뜻 자리를
내주면 될 것이고, 눈치 없는 젊은이가 경로석에 앉아 있으
면 누워 절 받기 싫다는 심정으로 그냥 서 있으면 될 터인데
서로 자비의 참뜻을 저버린 탓에 한 늙은이는 횡사했고, 한
젊은이는 감옥으로 가 인생을 망치는 꼴이 되었다. 자신을
낮추고 남을 높여 주면 누구나 저절로 대접받는다.

接 사귈 접　下 아래 하　思 생각할 사　恭 공손할 공
《서경》〈3편 상서(商書) 6장〉

視遠惟明
시 원 유 명

멀리 내다보되 오직 밝게 보라

지난 일에 매달려도 안 되고 오늘 일에만 시달려도 안 된다. 산다는 일은 늘 앞으로 이어져 있다고 여기는 만큼 탈이 줄어든다. 사는 일이란 하루 단위로 토막낼 수 없고, 또 그래서도 안 된다. 삶은 늘 앞을 열어 두고 있는 셈이다. 이런 열린 삶을 두고 미래(未來)가 있다고 해도 된다. 미래란 아직 오지 않은 시간일 수도 있고 오지 않은 일일 수도 있다. 그런 미래를 가까이 내다보지 말고 멀리 내다볼수록 생각할 여유가 생긴다. 생각이 여유를 누리면 느긋하게 사물을 바라볼 수 있다. 그래야 멀리 내다보되 밝게 바라볼 수 있다. 미래를 밝게 내다보면 누구나 낙천가(樂天家)가 될 수 있다. 하늘을 즐길 줄 아는 자〔樂天家〕라야 미래를 멀리 밝게 내다볼 수 있다. 본래 밝음〔明〕이란 마음속의 밝음을 말한다. 명(明)이란 바깥을 밝게 하기보다는 속을 밝게 하라 함이다. 밝은 마음은 사심(私心)이 없음이다. 사심 없이 미래를 내다보면 앞일을 가로막는 약점들이 미리 보인다.

視 바라볼 시 遠 멀 원 惟 오직 유 明 밝을 명

《서경》〈3편 상서(商書) 6장〉

聽 德 惟 聰
청　덕　유　총

덕을 귀담아 듣되 오직 귀밝게 들어라

　쓴 말이 약이 된다. 쓴 말일수록 귀담아 들으면 그 쓴 말이
결국 단 말이 되는 슬기로움을 누린다. 대개 쓴 말은 덕을 담
고 있다. 코앞에서 칭찬해 주는 말에 솔깃해 기울어지다 보
면 실끈에 놀아나는 꼭두각시 꼴이 되기 쉽다. 남의 혀놀림
에 놀아나게 되는 까닭이다. 그러면 본의 아니게 부덕(不德)
한 사람이 되기 쉽다. 세상이 아무리 모질고 각박해도 후덕
한 사람이 되려고 마음먹어야 뜻하는 대로 풀린다. 서로 돕
고 삶을 함께 누리자는 마음이 덕이라고 여긴다면 덕(德)이
라는 말이 그리 어렵게만 다가오지는 않을 것이다. 나만 이
롭게 되려고 하다 보면 남이 해를 입는다. 그러면 세상이 나
를 향해 손가락질하게 마련이다. 그렇더라도 그 손가락질을
억울하게 여기지 말고 왜 손가락질을 받아야 하는지 생각해
본다면 덕을 귀담아 듣는 버릇[聽德]이 몸에 붙는다. 그러나
손가락질에 삿대질하고 덤비면 귀밝게 듣기[聰]가 어렵다.
삿대질은 못난 사람으로 추락하게 하는 벼랑이다.

聽 들을 청　德 큰 덕　聰 귀밝을 총
《서경》〈3편 상서(商書) 6장〉

惟天無親
유 천 무 친

오직 하늘은 따로 친해 주지 않는다

유천(惟天)은 하늘을 간절히 말하는 어투이므로 유(惟)를 없다 여기고 천무친(天無親)으로만 들어도 된다. 오로지 사람이 지나치게 친하기〔親〕를 밝힌 탓에, 그렇지 않은 하늘을 간절히 받드는 심정이 드러나는 것이 유천무친(惟天無親)이다. 사천(事天)하라는 말씀이 바로 유천무친(惟天無親)에서 비롯된다고 여겨도 된다. 왜 사람이라면 하늘을 섬겨야 하는가? 만물을 두루 편애(偏愛)하지 않고 한결같이 생사를 누리게 내버려두는 까닭이다. 그러나 사람은 하늘이 자기를 편애하기를 바라고, 뜻하는 대로 되지 않으면 하늘 원망하기를 마다하지 않는다. 하늘은 유별나게 어느 것 하나를 골라 편애하지 않는다. 그러나 사람들을 그것을 모르고 하늘을 탓한다. 천지(天地)에서 보면 사람이 유별날 것은 없다. 내가 귀하면 너도 귀하고, 네가 천하면 나도 천하다는 생각이 곧 무친(無親)인 셈이다. 하늘이 미워해서 하루살이는 하루를 살다 죽고 하늘이 예뻐해서 사람이 육십 년을 사는 것은 아니다.

惟 오직 유 天 하늘 천 無 하지 않을 무 親 친할 친
《서경》〈3편 상서(商書) 7장〉

民 罔 常 懷
민 망 상 회

백성에게는 변함없이 품어 두는 것이 없다

민심(民心)은 아침에 다르고 저녁에 다르다. 마음 잡고 편히 살게 내버려두지 않는 것들이 많아서다. 세상은 늘 백성을 등치고 울리는 일들이 일렁이는 파도처럼 들고난다. 그런 세파에서 어찌 백성이 늘 마음을 한결같이 품을 수 있겠는가. 백성의 마음이 본래부터 변덕스러워 조석변(朝夕變)인 것은 아니다. 세상을 다스린다는 사람(治者)들이 민심을 그렇게 변덕스럽게 끌어냈을 뿐이다. 그렇다고 한결같은 마음을 품어 두는 백성이 없다는 것은 아니다. 백성은 오로지 어진 사람(仁者)만을 가슴속에 한결같이 품어 둔다. 그런데 백성을 위한다고 주장하는 사람(治者)은 허다하지만 결국에 가서 보면 시치미 떼는 패로 드러나 백성은 번번이 서러운 꼴을 당하게 마련이다. 인자(仁者)를 거창하게 해석할 것은 없다. 백성을 진실로 사랑하는 사람이 곧 어진 분(仁者)이다. 사랑하고 아껴 주는 사람을 어찌 잊을 것인가. 백성은 인자(仁者)를 가슴에 품고 치자(治者)를 저울질한다.

民 백성 민 罔 없을 망 常 늘 상 懷 품을 회

《서경》〈3편 상서(商書) 7장〉

德 惟 治 否 德 亂
덕 유 치 부 덕 란

덕이라면 다스려지고 덕이 아니면 어지러워진다

　덕(德)을 두고 단비 같다고 한다. 단비가 내리면 산하(山河)의 초목이 무성해진다. 덕이 바로 그러하다는 것이다. 미운 놈 고운 놈 따로 없이 모두가 함께 울고 웃고 살아갈 수 있게 하는 힘이 곧 덕이다. 그런 덕이니 크다고 하는 것이다. 큰마음으로 세상을 다스리면 세상에 득실거리던 소인(小人)들이 서서히 부끄러움을 깨우쳐 염치없는 짓거리를 덜 범하게 된다. 그러면 가랑비에 옷 젖듯이 세상이 절로 가닥을 잡아 간다. 덕으로 세상을 다스린다면 법(法)만 앞세워 엄포를 놓고 떵떵거리지 않아도 될 터이다. 그러나 법만 믿고 덕을 팽개쳐 버리면 이 패 저 패가 생겨 내 덕이니 네 탓이니 하며 아옹다옹하게 되고, 백성은 결국 새우 싸움에 고래등 터지는 억울한 꼴을 당하고 만다. 그러면 세상은 바람이 몰아치는 수풀처럼 어지러워지고 난무해진다. 덕이 부정되는 세상이 난세(亂世)임을 알고 있으면서도 덕으로 세상을 편하게 할 생각을 팽개치니 세상은 어지러울 수밖에 없다.

德 큰 덕　治 다스릴 치　否 아닐 부　亂 어지러울 난
《서경》〈3편 상서(商書) 7장〉

有言逆于汝心 必求諸道
유 언 역 우 여 심 필 구 제 도

네 마음에 거슬리는 말이 있거든
도에 맞는 말인지 반드시 알아보라

'쓰디쓴 말일수록 약(藥)이 된다.' 듣기 싫은 말일수록 귀담아 들어 두라는 귀띔이다. 속담은 세상살이에서 일구어진 지혜인 까닭에 틀림없는 보약(補藥)이 된다. 몸이 아프면 별의별 약을 다 사 먹으려고 하지만 마음은 병이 들어도 약을 구해 고치려는 생각을 하지 못한다. 그런데 살다 보면 가끔씩 속이 뜨끔한 순간을 겪을 수밖에 없다. 그럴 때 아파하는 마음을 잘 다스려야 진정 건강한 삶을 누릴 수 있다. 마음을 다스리는 데 지혜로운 말씀보다 더 믿을 것은 없다. 내 비위를 거슬리게 하는 말일수록 곰곰이 잘 들어서 왜 그런 말이 생겨났는지 스스로 비추어 보려고 하는 순간 나 스스로 삶의 보약을 짓게 된다. 마음을 다스리는 약은 손수 조제해야지 남에게 빌리거나 사서 먹을 수 없다. 약을 짓자면 처방전이 있어야 한다. 성현의 말씀을 처방 삼을수록 효험 있는 약을 지을 수 있다. 거슬리는 말을 뿌리치지 말고 도리에 맞는지 살펴보라. 그러면 명약(名藥)을 얻을 수 있다.

有 있을 유 言 말씀 언 逆 거스를 역 于 ~에 우 汝 너 여 必 반드시
필 求 찾을 구 諸 모두제 道 도리 도   《서경》〈3편 상서(商書) 7장〉

有言遜于汝志 必求諸非道

유 언 손 우 여 지　필 구 제 비 도

네 마음을 따르는 말이 있거든
도리에 맞지 않는 말인지 반드시 알아보라

솔깃한 말일수록 겁부터 내라고 한다. 덜컥 물었다가 낚싯밥에 걸려드는 물고기 꼴이 되기 쉬운 것은 바로 달콤한 말이 던지는 미끼이니 말이다. 그러니 내 뜻을 따라 주겠다며 다독거리거든 저만치 두고 가려 들어라. 그러면 도리(道理)에 어긋나는지 맞는지를 살펴 가려낼 수 있다. 남의 말만 믿고 일을 했다가 망했다고 땅을 치며 남을 탓하는 사람일수록 달콤한 말에 걸려들기 쉽다. 낚시꾼 바구니에 담기고 나서야 물었던 미끼를 후회한들 이미 늦었다. 도마 위에서 칼질을 받아 포가 떠져 횟감이 되는 꼴을 면할 수 없는 노릇이니 말이다. 사람도 남의 꼬임에 빠져 도마에 오른 생선처럼 작살나는 경우가 자주 빚어진다. 던진 미끼에 물고기만 걸려드는 것은 아니다. 욕심을 꼬드기는 미끼는 사람도 덥석 물려는 탐욕으로 가득 차 있다. 그런 용솟음을 비도(非道)라고 여기고 산다면 틀림없는 예방약을 지니고 있다고 할 수 있다.

有 있을 유　言 말씀 언　遜 따를 손　于 어조사 우　汝 너 여　志 뜻 지
必 반드시 필　求 찾을 구　諸 모두 제　非 아닐 비　道 도리 도
《서경》〈3편 상서(商書) 7장〉

咸 有 一 德　克 亨 天 心
함　유　일　덕　　극　형　천　심

다 함께 한결같은 덕을 지니면
하늘의 마음을 잘 받들 수 있다

　모든 일이 실속을 따져 계산되는 세태인지라 사는 일마다
이해(利害)의 눈금으로 저울질하려고 한다. 그런 까닭에 덕
(德)은 없어도 된다는 착각이 오히려 당연한 믿음이 되어 가
고 있다. 그렇다 보니 이해(利害)를 따지려는 지성(知性)만
극성을 부린다. 그런 탓에 이제는 덕성(德性)이라는 말조차
꺼내지 못할 지경이 되었다. 덕은 내 몫을 작게 하지 않으면
드러나지 않는 까닭에 덕을 피하고 멀리하려고만 든다. 그러
나 사람이 모여 살자면 덕이 베푸는 삶을 나누어야 마음 편
히 살 수 있는 길[道]이 변하지 않는다. 서로 함께 넉넉한 마
음으로 살자는 마음이 곧 덕이 깃들 수 있는 마음가짐인 까
닭이다. 마음속은 가시밭 같을 수도 있고 둥지 같을 수도 있
다. 덕은 세상을 오순도순 더불어 사는 둥지처럼 만들어 주
는 품안과 같다. 서로 베풀면[有德] 하늘의 마음을[天心] 쉽
사리[克] 받들 수 있다[亨]. 하늘의 마음[天心]이란 모든 것을
하나로 보고 껴안는 마음가짐이라고 여기면 된다.

咸 모두 함　有 가질 유　一 한 일　德 큰 덕　克 잘할 극　亨 받들 형　天
하늘 천　心 마음 심　　　　　　　　　　　　　《서경》〈3편 상서(商書) 8장〉

德無常師 主善爲師
덕 무 상 사 주 선 위 사

덕에는 일정한 스승이 없고
착함을 주인으로 삼음이 스승이다

천지(天地)의 입장에서 본다면 덕(德) 아닌 것이 없다. 덕이 사람만 잘살게 하는 유별난 스승이 아니라는 말이다. 덕을 두고 이렇다 저렇다 말거리로 삼는 것은 사람밖에 없다. 다른 목숨들은 살고 죽는 일 자체가 곧 덕이다. 자연을 어기거나 이용해 문명(文明)을 누린다고 떵떵거리는 목숨은 사람밖에 없다. 덕은 자연대로 살기를 바란다. 이를 천심(天心)이라는 말로 대신한다. 그러나 이제는 천심을 믿는 사람이 거의 없다. 오로지 자신의 능력을 믿고 세파(世波)를 마주하려 한다. 이런 까닭에 착한 삶을 나누지 않으면 서로 믿지 못해 대결하려고만 든다. 선(善)이란 어진 마음가짐이요, 올바른 마음가짐이다. 누구나 이러한 선을 주인으로 삼아 삶을 엮어 간다면 그 선이 누구에게나 스승이 된다. 선을 스승으로 삼아 산다면 스스로 파 놓은 함정에 빠질 리가 없다. 선을 스승 삼아 늘 살아 있는 분을 일러 성현(聖賢)이라고 부른다.

德 덕 덕 無 없을 무 常 늘 상 師 스승 사 主 주인 주 善 착할 선 爲 할 위 師 스승 사 　　　　　　　《서경》〈3편 상서(商書) 8장〉

善 無 常 主　協 于 克 一
선 무 상 주　협 우 극 일

선에는 일정한 주인이 없고
선은 덕으로 화합하게 한다

　누구는 선하고 누구는 선하지 않다고 정해져 있지 않다.
선(善)은 그 누구의 것도 아니어서 선에는 주인이 없다. 사람
이란 어쩔 수 없이 선할 때도 있고 악할 때도 있다. 우리는
늘 선악(善惡)의 틈바구니에서 삶을 부딪치고 있다. 다만 오
로지 선하게만 사는 분이 성현(聖賢)이다. 그래서 성현을 두
고 '선으로 안내하는 길잡이'라고 한다. 즉 사납게 제 욕심
을 앞세우지 않고 서로 돕고 어울리게 하는 길을 찾는 마음
가짐이 곧 선(善)으로 가는 길목이다. 그 길목에 바로 덕(德)
이라는 표지판이 서 있다고 여기면 여길수록 악(惡)이라는
수렁에 빠지지 않을 수 있다. 그래서 극일(克一)하라는 것이
다. 그러자면 극기(克己)해야 한다. '나를 후덕한 사람이 되
게 하라〔克己〕.' 극일(克一)은 곧 극기(克己)하라 함이다. 남
과 다툴 것 없다. 서로 마음을 열고 내가 너를 헤아려 베풀려
는 마음만 간직한다면 누구나 착해져서 세상을 향해 당당하
고 의젓해지게 마련이다.

善 착할 선　無 없을 무　常 항상 상　主 주인 주　協 화합할 협　于 어조
사 우　克 능할 극　一 하나 될 일　　　　　《서경》〈3편 상서(商書) 8장〉

無 自 廣 以 狹 人
무　자　광　이　협　인

자기를 넓히려고 하면서 남을 좁히지 말라

　자리다툼을 하면 작아진다. 내 자리를 넓히려고 하면 남도 덩달아 제 자리를 넓히려 하게 마련이다. 그러면 자리를 놓고 서로 다툼을 벌여야 한다. 내 자리를 넓히기 위해 남의 자리를 좁히려는 잔꾀를 부리면 남도 역시 그런 잔꾀를 부려 내 자리를 탐하게 된다. 그런 탓에 흉한 일일수록 되로 주고 말로 받는 경우가 허다하다. 앉을 자리를 보고 앉고, 설 자리를 보고 서라 하지 않는가. 무턱대고 나 하나 편하기 위해 비좁은 자리에서 두 다리 쭉 뻗고 모른 척한다면 돌아오는 것은 손가락질뿐이다. 그러면 내가 나 자신을 못난 놈으로 만들어 버리고 만다. 나 하나 편하자고 남을 옹색하게 하면 결국 남을 묶으려던 오랏줄이 내 허리를 묶고 만다. 그러니 내 것을 좀 넓히자고 남의 것을 좁히지 말라는 것이다. 이는 결국 무슨 일이 있어도 남의 것을 탐하지 말라 함이다. 내가 유리하고자 남을 불리하게 하지 말라. 나를 이롭게 하자고 남을 해롭게 하지 말라. 그러면 남이 나를 넓혀 준다.

無 하지 말 무 自 자기 자 廣 넓힐 광 以 할 이 狹 좁힐 협 人 사람 인
《서경》〈3편 상서(商書) 8장〉

無 傲 從 康
무 오 종 강

오만하게 편안함을 쫓지 말라

　편하고 싶은가? 그렇다면 오만(傲慢)하지 말라. 그러면 마음이 편안할 수 있다. 오만은 저 하나 잘났다고 고개를 쳐들고 남을 얕보는 못된 버르장머리다. 세상이 아무리 막간다고 해도 겸손한 사람을 향해 돌을 던지지는 못한다. 남을 대접할 수 있는 마음이 곧 겸손(謙遜)이다. 나를 낮추고 남을 높이라는 예를 지키지는 못할 망정 남을 얕보려는 수작은 버려야 세상의 눈치를 보지 않게 된다. 자기만 대접받으려는 수작이 곧 오만이다. 그렇게 제 몸 하나만 챙기면서 편안하기를 바라는 것은 가시덤불 위로 제 몸을 던지는 것과 같다. 가시덤불이 어찌 편안한 자리가 되겠는가. 바로 거기가 가시방석이라는 것을 알아차렸을 때는 이미 늦는다. 한번 세상의 눈에 나면 다시는 세상 눈에 들기 어렵다. 그런 까닭에 세상을 살얼음 밟듯이 대하고 늘 자신을 헐하게 하지 말라고 하는 것이다. 몸이 편하기만을 바라는 사람은 편안할 수 없고, 마음이 편하기를 바라는 사람은 참으로 편안함을 누릴 수 있다.

　無 하지 말 무　傲 오만할 오　從 쫓을 종　康 편안할 강
《서경》〈3편 상서(商書) 9장〉

若 網 在 綱　有 條 而 不 紊
약　망　재　강　　유　조　이　불　문

그물에 벼리가 있어야 가지런해져
엉클어지지 않는 것과 같다

　주춧돌 위에 기둥이 없으면 집이 무너지고, 사람 등줄기의
척추가 병들면 허리가 휘어 곱사등이 된다. 어떤 일이든 제
대로 풀려 이루어지려면 본말(本末)이 바로 지켜져야 한다.
근본과 말단을 무시하거나 혼동하면 잘하려던 일도 엉키기
시작해 갈피를 잡지 못하게 되어 결국 낭패를 보고 만다. 어
부는 그물질을 할 때 그물코를 잡고 던지는 법이 없다. 반드
시 그물의 벼리를 잡고 팔뚝에 그물의 줄음을 잘 사린 다음
가지런한 그물을 던져야 그물이 제구실을 한다. 그러면 그물
은 어부가 바라는 대로 물속에서 물고기를 건져 올려 준다.
그러나 그물의 근본 구실을 하는 벼리[綱]를 무시하고 되는
대로 던지면 그물 가닥이 주름을 잡지 못해 그물코들이 접혀
물속에서 퍼지지 못하고 가라앉고 만다. 이렇게 해서야 어찌
일이 될 것인가. 일이 뒤죽박죽되면 될 일도 안 되는 법이다.
엉킨 실타래를 풀려면 실마리를 찾듯이 일의 벼리를 놓치지
않으면 누구든 낭패를 볼 리가 없다.

若 같을 약　網 그물 망　在 있을 재　綱 벼리 강　有 있을 유　條 가지 조
不 아니 불　紊 어지러울 문　　　　　　　　《서경》〈3편 상서(商書) 9장〉

人惟求舊 器非求舊 惟新
인 유 구 구 기 비 구 구 유 신

사람은 옛것을 구하지만
기물은 옛것을 구하지 않고 새것을 구한다

'구관(舊官)이 명관(明官)이다.' 이 어찌 관계(官界)만을 두고 한 속담이겠는가. 인생이란 내리받이지 돌출하는 것이 아니다. 오죽하면 도둑질도 해 본 놈이 낫다고 하겠는가. 사람이 살아가는 일이란 토막낼 것이 못된다. 어제의 일이 오늘로 이어지고, 오늘의 일이 내일로 이어지는 까닭이다. 내일 일은 어제 일처럼 알아낼 수가 없어서 짐작할 수밖에 없다. 짐작이라도 하자면 근거를 찾아야 한다. 그 근거를 어제 일어난 일에서 살펴 찾아 내일을 점친다. 이처럼 사람은 옛것을 찾아보아야 변화를 읽어 낼 수 있다. 그래서 변화의 길을 알아내는 사람은 하늘이 하고자 하는 바를 안다고 했다. 하늘의 뜻을 두려워하고 잊지 말라 함은 곧 새것을 구하는 데 반드시 헌 것을 생각하라 함이다. 그러나 기물(器物)은 더욱더 편리해져야만 하기에 불편하면 새것으로 바꾸어 옛것은 그만 낡은 것이 되고 만다. 인간도 기물처럼 되어 가고 있다. 인간의 물질화(物質化)가 바로 그것이다. 겁난다.

人 사람 인 惟 오직 유 求 구할 구 舊 옛 구 器 그릇 기 非 아닐 비
新 새 신   《서경》〈3편 상서(商書) 9장〉

罰 及 爾 身　弗 可 悔
벌　급　이　신　　불　가　회

형벌이 네 몸에 미치면 후회할 수도 없다

　　죄(罪)가 있고 벌(罰)이 있다. 죄를 범하지 않았는데도 벌
을 받는 세상이라면 벌받지 않는 놈들이 천벌을 받아야 한
다. 그러나 죄를 지으면 벌을 받아야 하는 것이 세상의 이치
다. 죄를 범하지 않으려면 맡은 바 일을 삼가고 맡은 바 자리
를 올바르게 지키며 입조심을 다할수록 좋다. 하늘을 무서워
하라는 말을 싱겁게 들으면 안 된다. 하늘이 내려다보는데
무엇을 감추고 숨길 수 있겠는가. 이는 내가 나를 속일 수 없
다는 말이다. 게으르면서 게으른 줄 모르는 것보다 더 불쌍
한 인간은 없다. 그러나 제 한 몸 위한답시고 핑계를 대면서
제 일을 정성껏 하지 않는다면 죄를 짓는 것과 같다. 도둑질
을 하고 살인과 같은 끔찍한 짓을 저질러야만 죄가 되는 것
은 아니다. 남을 속이는 것보다 더 부끄러운 짓은 없다. 부끄
러운 짓이 곧 죄를 범한 것이라고 여기는 사람은 후회할 일
을 하지 않는다. 죄를 짓고 나서 후회한들 아무 소용없다. 그
러니 벌을 무서워 말고 죄를 무서워하라는 것이다.

罰 죄벌 벌　及 미칠 급　爾 너 이　身 몸 신　弗 아니 불　可 할 가　悔 후
회할 회　　　　　　　　　　　　　　　　《서경》〈3편 상서(商書) 9장〉

97

無 起 穢 以 自 臭
무 기 예 이 자 취

나쁜 짓을 저질러 자신을 썩게 하지 말라

바늘 도둑이 소 도둑 된다. 나쁜 짓은 사소한 버릇에서 비롯된다. 그래서 구하면 얻고 내버려두면 잃는다고 한다. 무엇을 구하라는 말인가? 자기 자신을 구하라 함이다. 그러면 선한 자신을 얻을 수 있다. 그렇지 않고 자신을 내버려두면 선한 자신을 잃어버리게 된다. 자신을 되는대로 내버려두는 것이 곧 기예[起穢]다. '나쁜 짓[穢]을 저지른다[起].' 그러면 곧 내가 나를 내버려두는 꼴이 되어 버려진다. 버려지면 못 쓰게 되어 썩고 만다. 사람의 마음도 그렇다. 늘 마음을 착실하게 하려고 정성을 다해야 마음이 살아 싱싱하고 풋풋해진다. 자명(自明)하라 함은 이를 두고 한 말이다. 날마다 자신을 밝혀 떳떳하고 의젓하게 하라[自明]. 내 마음속을 내가 밝게 하면 내 마음이 살균(殺菌)되어 늘 푸른 하늘처럼 맑아진다. 등잔 밑이 어둡다고 할 것 없다. 나를 살펴 나 자신을 썩히며 살지 말라[無自臭]. 그러자면 삶 앞에 늘 삼가 절하는 마음가짐으로 정성껏 살아가라.

無 하지 말 무　起 지을 기　穢 더러울 예　以 할 이　自 자기 자　臭 썩을 취

《서경》〈3편 상서(尚書) 10장〉

無 戲 怠　懋 建 大 命
무　회　태　　무　건　대　명

놀아나 게으르지 말고
크나큰 일을 세우는 데 온 힘을 다하라

대명(大命), 즉 큰 대(大) 목숨 명(命), 이는 크나큰 목숨이라는 말이다. 크나큰 목숨이란 작게는 내 가족의 목숨들이요, 크게는 나라의 목숨들이다. 그래서 대명을 일러 나라를 걱정하는 일이라고 한 것이다. 이는 곧 나 하나만 생각하지 말고 내 피붙이를 생각하고 내 이웃을 생각하고 내 고을을 생각하고 나아가 나라를 생각하라 함이다. 그러니 소인(小人)이 되지 말고 대인(大人)이 되라 함이다. 소인이란 어떤 자인가? 놀기 좋아하고 게으름을 피우는 놈이다. 대인이란 누구인가? 우리 모두를 위해 땀 흘리는 자다. 그래서 소인은 제 욕심만 차리면서 자기만 알지만, 대인은 베풀려는 마음을 갖고 늘 주변을 살펴 무엇이 바르고 무엇이 그른지를 살펴 모두가 마음 편히 살기를 바란다. 그래서 대인은 과욕(寡欲)할 줄 알지만 소인은 무턱대고 과욕(過欲)을 부린다. 줄여 적을 과(寡), 많아 넘칠 과(過). 이 중에서 어느 것을 택할 것인가? 큰일을 하려는 자는 제 욕심부터 줄인다.

無 하지 말 무 戲 놀 희 怠 게으를 태 懋 힘쓸 무 建 세울 건 大 큰
대 命 명령 명　　　　　　　　　　　　　《서경》〈3편 상서(商書) 11장〉

式 敷 民 德　永 肩 一 心
식　부　민　덕　　영　견　일　심

백성에게 덕을 베풀고 베푸는 그 마음을
변함없이 간직하라

　백성에게[民] 덕을[德] 베풀어라[敷]. 그러면 선정(善政)이다. 잘하는 정치[善政]란 무엇인가? 백성이 마음 편히 잘살게 도와주는 것 아니겠는가. 정치를 하겠다면 죽을 때까지 그 마음을 잊지 말라 함이 영견일심(永肩一心)이다. 옛날에는 성군(聖君)이 벼슬아치에게 이런 말을 했다면 지금은 국민[民]이 정치인에게 영견일심하라고 요구하는 세상이다. 지금은 국민이 임금이요, 하늘이다. 정치하는 사람을 부리는 주인이 달라졌을 뿐 정치의 근본은 절대 변할 수 없다. 정치의 근본이란 무엇인가? 바로 부민덕(敷民德)이다. 민주주의의 근본은 무엇인가? 그 또한 부민덕이다. 이렇게 보면 학정(虐政)이 어떤 것인지 분명해진다. 불부민덕(不敷民德)은 백성을 짓밟는 정치[虐政]다. 국민에게[民] 덕을[德] 베풀지 않는[不敷] 정치가 곧 학정(虐政)이다. 정치하는 사람이 꿈에라도 부민덕을 잊지 않는 마음이 곧 정치를 하는 한마음[一心]이다.

式 발어사 식　敷 베풀 부　民 백성 민　德 큰 덕　永 길 영　肩 질 견　一
한 일　心 마음 심
《서경》〈3편 상서(商書) 11장〉

木 從 繩 則 正
목　　종　　승　　즉　　정

나무는 먹줄을 따르면 곧아진다

　　나무 등걸이 곧 기둥감이 되는 것은 아니다. 나무 등걸을 다듬어 기둥감이 되게 해야 한다. 사람도 그와 같아 선한 사람이 되려면 선생의 가르침을 잘 받아야 한다. 모든 사람에게 가장 좋은 선생은 누구인가? 바로 낳아서 길러 준 부모(父母)다. 옛날에는 부모가 자녀의 선생이라는 것을 알았지만 지금은 거의 잊어버린 것 같아 안타깝다. 부모는 본래 자녀를 좋은 재목이 되도록 잘 다듬는 목수 노릇을 해야 한다. 정성 들여 곡식을 가꾸는 농부 노릇만으로는 부모 노릇을 다 하는 것이 아니다. 먹줄을 놓아 굽은 나무를 바르게 하여 재목으로 다듬어 내는 목수 노릇까지 책임져야 한다. 그래서 부모는 자식농사를 짓는 농부인 동시에 자식을 재목감으로 만들어 내는 도목수라고 하지 않는가. 어려서부터 먹줄을 잘 놓아 주어야 자라서 좋은 재목이 된다. 바르고 후덕한 사람으로 길러 내려면 마음속에 덕(德)이라는 먹줄을 놓아 주어야 한다.

木 나무 목　從 따를 종　繩 먹줄 승　則 곧 즉　正 바를 정
《서경》〈3편 상서(商書) 12장〉

后 從 諫 則 聖
후　종　간　즉　성

임금이 입바른 말을 따르면 곧 성군(聖君)이 된다

　범간유오(凡諫有五)라는 말이 있다. 풍간(諷諫)·순간(順諫)·규간(規諫)·치간(致諫)·직간(直諫)이 바로 그 오간(五諫)이다. 풍(諷)은 사물을 비유해 속셈을 드러내는 말투다. 백성이 어찌 임금을 대놓고 나무랄 수 있겠는가. 이럴 때 백성은 풍(諷)을 써서 임금을 빗대어 꼬집는다. 이런 꼬집음을 백성의 뜻대로 풀어 임금에게 알려 주는 것이 풍간(諷諫)이다. 백성의 뜻을 있는 그대로 일러 주는 충고보다 더한 간(諫)은 없다. 여기서 오간(五諫)을 하나씩 들어 이야기할 것까지는 없겠다. 풍간(諷諫)만 임금이 귀담아 들어도 성군이 될 가능성은 얼마든지 있는 까닭이다. 어디 임금만 그렇겠는가. 요새로 치자면 국민의 뜻을 그대로 귀담아 듣고 그에 따라 정치를 하는 대통령이 바로 성군(聖君)이다. 성군이란 누구인가? 책임지고 부민덕(敷民德)하는 치자(治者)를 말한다. 성군의 성(聖)은 하늘이 하는 바를 따라한다는 뜻이다. 하늘이 하라는 대로 한다 함은 백성이 원하는 대로 한다 함이다.

后 임금 후　從 따를 종　諫 충고할 간　則 곧 즉　聖 성스러울 성
《서경》〈3편 상서(商書) 12장〉

口 起 羞
구   기   수

입이 부끄러움을 일으킨다

　조주선사(趙州禪師)가 합취구구(合取狗口)라는 말로 상대의 주둥이를 틀어막아 버리는 화두(話頭)가 있다. "개〔狗〕 주둥이〔口〕 닥쳐라〔合取〕." 말 잘하는 입일수록 독사의 혀와 같을 때가 많다. 그런데 세상에는 구변(口辯)이 좋다면서 뽐내는 인간들이 많아서 시끄럽다. 자신을 살필 줄 아는 사람일수록 입이 무겁다. 그러나 자신을 돌이켜 보려 하지 않는 사람은 입이 무거워야 하는 까닭을 모른다. 입이 가벼운 사람치고 듬직하다는 말을 듣는 경우를 본 적이 있는가? 잘난 척하는 사람은 자만(自慢)할 뿐 겸손(謙遜)하기를 마다한다. 그래서 부끄러운 짓거리를 겁내지 않고 무시로 저질러 버린다. 이보다 더한 수치(羞恥)는 없다. 나를 귀하게 하는 것도 나 자신이요, 나를 천하게 하는 것 또한 나 자신이다. 내 입이 나를 부끄럽게 하는 것은 내 마음이 경망스러운 탓이다. 그런 까닭에 입이란 마음이 하라는 대로 하는 종이라 하지 않는가. 내가 주인이 되게 할 것인가 종이 되게 할 것인가. 내가 할 일이다.

　口 입 구　起 지을 기　羞 부끄러울 수
《서경》〈3편 상서(商書) 13장〉

衣裳在笥
의 상 재 사

화려한 옷은 옷상자 안에 넣어 둔다

《노자(老子)》에 보면 화기광(和其光)이라는 말이 나온다.
여기서 기(其)는 앞의 만물(萬物)을 대명사로 바꾼 말씨이므
로, 화만물지광(和萬物之光)으로 읽어도 된다. '만물의[其 :
萬物之] 빛을[光] 어울리게 하라[和].' 의상재사(衣裳在笥)나
화기광(和其光) 모두 같은 말씀으로 들어도 된다. 사람의 일
[人生]을 들어 이 말을 이해하자면 빛나되 눈부시게 하지 말
라 함이다. 과시(誇示)하지 말라, 허세(虛勢) 부리지 말라는
빛만 화려한 개살구처럼 살지 말라 함이다. 그러나 사람들은
오직 사람만이 잘났다고 뽐내는 심술을 부린다. 다른 목숨들
은 그런 심술을 모른다. 뱁새가 공작새를 부러워하지 않고,
공작새가 뱁새에게 꼬리 빛깔을 자랑하지 않는다. 그러나 사
람은 과시하고 뽐내고 사치를 부리려 한다. 그러지 말고 때
와 장소에 따라 알맞게 차려 입고 진솔하게 살라 함이 의상
재사다. 비단옷 입고 밤길 걷는다고 투정하지 말라. 남 몰래
좋은 일을 하면 하늘이 알고 세상이 알아 빛을 본다.

衣 나들이 옷 의 裳 낮에 입는 옷 상 在 있을 재 笥 옷상자 사

《서경》〈3편 상서(商書) 13장〉

爵 罔 及 惡 德 惟 其 賢
작 망 급 악 덕 유 기 현

벼슬은 덕이 없는 자에게 주지 말고
오로지 어짊에 따라 준다

악덕(惡德)을 나쁜〔惡〕덕(德)이라고 새겨서는 안 된다. 세
상에 나쁜 덕이라곤 없으니 말이다. 악덕은 덕을 멀리한다는
말로 새기면 좋다. 덕을 가까이함을 일러 후덕(厚德)이라 한
다. 덕을 두텁게 할수록 그 사람은 소중하고 크고 훌륭하다.
악덕을 범하는 인간을 소인(小人)이라 하고, 후덕한 사람을
대인(大人)이라 한다. 벼슬이라는 자리에는 대인이 앉아야지
소인이 앉아서는 안 된다. 왜 부정부패가 들끓겠는가? 대인
이 앉아야 할 자리를 소인배들이 차고앉은 까닭이다. 그러니
덕이 두터움에 따라 벼슬이라는 직급을 주라는 것이다. 왜
벼슬자리에 장(長)을 붙여 장관(長官)이니 국장(局長)이니 부
장(部長)이니 하겠는가. 후덕을 전제로 장(長)을 붙이는 것이
다. 물론 덕이란 사람만 편안케 하는 것이 아니다. 만물을 편
안케 하는 것이 천리(天理)이고, 그 천리를 실천함이 곧 덕이
다. 온 세상을 편안케 하라고 관직(官職)이 있지 않은가. 악
덕한 벼슬아치는 백성이 쫓아낸다.

爵 벼슬 작 罔 하지 말 망 及 미칠 급 惡 악할 악 德 큰 덕 惟 오로지
유 賢 어질 현   《서경》〈3편 상서(商書) 13장〉

慮 善 以 動
여 선 이 동

행동할 때는 선한지를 생각하고
행동할 때는 제때인지를 생각하라

선(善)이란 인(仁)·의(義)·예(禮)·지(智)·신(信)을 묶어
한 마디로 말한 것이다. 여선(慮善)이란 '어진지〔仁〕 생각해
보라·부끄러움이 없는지〔義〕 생각해 보라·나를 낮추고 남
을 높이는지〔禮〕 생각해 보라·슬기로운지〔智〕 생각해 보라·
남으로부터 믿음을 받는지〔信〕 생각해 보라'는 한 묶음의 말
이다. 행동으로 옮기기 전에 여선(慮善)하라 함은 함부로 살
지 말라는 말과 같다. 인생은 한 번밖에 기회를 주지 않는다.
그래서 삶을 소중하게 여기는 사람은 행동에 앞서 깊이 생각
한다. 생각해 보고 어진 일이라면 그 일을 서슴없이 하라. 그
렇지 않거든 결코 행동하지 말라. 생각해 보고 의로운 일이라
면 그 일을 서슴없이 하라. 그렇지 않거든 결코 하지 말라. 생
각해 보고 겸허한 일이라면 서슴없이 하라. 그렇지 않거든 결
코 하지 말라. 생각해 보고 슬기로운 일이라면 서슴없이 하
라. 그렇지 않거든 결코 하지 말라. 생각해 보고 믿을 일이라
면 서슴없이 하라. 그렇지 않거든 결코 하지 말라.

慮 생각할 여 善 착할 선 以 할 이 動 움직일 동
《서경》〈3편 상서(商書) 13장〉

有 其 善　喪 厥 善
유　기　선　상　궐　선

자신이 착하다고 드러내면
그 착함을 잃어버린다

　진실로 착한 사람은 착하다고 하지 않는다. 유별나게 여기
지 않으니 착한 척할 까닭이 없다. 착한 사람이 착한 짓을 한
다 함은 다반사(茶飯事)이기에 착한 척할 리가 없다. 속으로
착하지 않은 사람만이 겉으로 착한 척하고, 자신을 세상에
드러내려고 잔꾀를 부린다. 선거 때만 되면 나타나 굽실거리
는 후보자들을 보라. 착해서 굽실거리는 것이 아니라 한 표
를 얻기 위해 착한 척하는 것이 눈에 빤히 보인다. 뒤를 바라
고 좋은 일을 하는 사람은 무엇이든 흥정을 해서 자신에게
유리하면 선심을 쓰고, 그렇지 않으면 언제 그랬냐는 듯이
얼굴색을 싹 바꾸어 버린다. 그런 사람은 본래부터 선한 성
정(性情)을 깡그리 잃어버린다. 착한 척하는 사람은 이미 착
하지 않은 사람이다. 본래 선(善)이란 내가 아니라 남을 먼저
이롭게 하려는 마음가짐이 아니던가. 그런 마음가짐을 인의
예지신(仁義禮智信)이라 한다. 이런 마음가짐은 드러내지 않
을수록 들꽃처럼 사람의 향기를 온세상에 풍긴다.

有 취할 유　其 그 기　喪 잃어버릴 상　厥 그 궐

《서경》〈3편 상서(商書) 13장〉

矜其能 喪厥功
긍 기 능 상 궐 공

스스로의 능력을 자랑하면
능력껏 일한 공을 잃는다

못난 사람일수록 제 자랑하기를 멈추지 못한다. 남이 알아주지 않는다고 투덜대면서 말이다. 쥐꼬리만큼 일구어 놓고는 무슨 거창한 일이라도 이룬 듯 떠벌리는 사람을 두고 허풍쟁이라고 한다. 풍치는 사람은 능력도 없으면서 능력이 있다고 허세 부리기를 일삼는다. 그러다 보니 쭉정이 인간으로 타락해 버리고 만다. 허풍쟁이야 쭉정이 인간으로 타락한들 아무런 아쉬움이 없다. 처음부터 일한 공이 없으니 말이다. 그러나 열심히 일해서 공을 이루어 놓고는 그 공을 남에게 과시하려고 안달하면 할수록 공은 점점 작아져서 급기야 바람 빠진 풍선처럼 쭈그러들고 만다. 제 자랑을 참지 못하면 남에게 칭송은커녕 시샘만 사기 일쑤다. 일을 잘해 공(功)이 미명(微明) 같을수록 좋다. 새벽녘에 동쪽 하늘에서 서서히 밝아 오는 미명은 온 세상을 환하게 하는 빛살로 드러난다. 그래서 듬직한 사람은 공치사를 마다하고 뒷전으로 물러서서 다시 새로운 일을 도모한다.

矜 자랑할 긍 能 능할 능 喪 잃을 상 厥 그 궐 功 일 공
《서경》〈3편 상서(商書) 13장〉

有 備 無 患
유 비 무 환

미 리 준 비 해 두 면 걱 정 할 것 이 없 다

보릿고개라는 말이 있었다. 그러나 지금은 보릿고개를 아는 사람이 적다. 겨우내 먹던 식량이 떨어지면 야지(野地) 사람들은 부황(浮黃)이 들어 부은 얼굴로 청보리를 잘라다 풀죽을 쑤어 연명했다. 한 노인 덕에 그런 보릿고개를 몰랐던 화전 촌락(火田村落)이 있다. 가을 산중에는 먹거리가 풍성했다. 산밤·잣·산감·도토리·머루·고욤과 같은 열매와 도라지·딱주·더덕·칡 등. 그 노인은 산밤과 도토리는 껍질을 벗겨 햇살에 말리게 하고, 잣송이는 두엄처럼 쌓아 두게 하고, 도라지와 딱주는 껍질을 벗겨 말리게 하고, 굵은 칡뿌리는 어디 있는지 알아만 두게 하고, 산감은 억새 다발로 꼭꼭 싸서 나뭇가지에 얹어 두게 하고, 고욤은 장을 담그게 하고, 머루는 조려 조청처럼 만들어 집집마다 저장해 두도록 했다. 그리하여 늦봄이 되어 보릿고개가 닥치면 그제야 산밤을 삶고, 잣과 쑥으로 죽을 끓이고, 홍시와 고욤장, 머루즙, 칡즙, 도토리묵 등으로 배가 고프지 않게 했다.

有 있을 유 備 갖출 비 無 없을 무 患 걱정거리 환

《서경》〈3편 상서(商書) 13장〉

無 恥 過 作 非
무　치　과　작　비

허물을 부끄러워하지 않으면
해서는 안 될 짓을 범한다

　허물이 없는 사람은 없다. 다만 허물을 부끄럽게 여기는 사
람이 있고 그렇지 않은 사람이 있을 뿐이다. 허물을 지체 없
이 뉘우치고 고치는 사람을 일러 군자(君子)라 하고, 허물을
감추고 숨기면서 꼼수를 부리고 핑계를 찾는 자를 일러 소인
배(小人輩)라 한다. 소인배는 그것이 허물인 줄 모르기 때문
에 부끄러워할 줄도 모른다. 그러다 보니 뻔뻔스럽고, 해서는
안 될 짓을 저질러 버린다. 우리 주변에도 못된 짓거리를 저
질러 놓고 시치미를 떼며 천연덕스럽게 버티는 못난 인간들
이 많다. 그런 인간을 만났을 때 나도 저런 인간은 아닌지 자
문해 보는 사람이라면 그는 필시 대인(大人)이다. 혹 떼려다
혹 붙인다는 속담은 누구나 다 안다. 대인은 이미 달려 있는
혹을 떼려고 수작을 부리지 않는다. 차라리 혹을 붙인 채 남
들 앞에 나타나 두 번 다시 그런 혹을 달 일을 범하지 않겠노
라며 제 허물을 드러낸다. 그러나 소인배는 제 허물을 숨기고
감추려고 수작을 부리다 혹을 더 다는 꼴을 당하고야 만다.

　無 하지 않을 무　恥 부끄러울 치　過 허물 과　作 범할 작　非 아닐 비
　　　　　　　　　　　　　　　　　　《서경》〈3편 상서(商書) 13장〉

禮 煩 則 亂
예 번 즉 란

예의가 번거로우면 곧장 어지러워진다

허례(虛禮)면 허식(虛飾)이라는 말이다. 허례도 속임수요, 허식도 속임수다. 남에게 과시하려고 들면 허식하게 된다. 가짜로 꾸며서 남을 속여먹으려고 약은 수를 부린들 걸려드는 참새는 인간 세상에 없다. 허수아비 어깨 위에 내려앉아 지저귀는 참새를 본 적이 있는가. 그 참새를 보고 허수아비를 세운 농부가 훠이훠이 소리를 질러 대는 광경을 본 적이 있는가. 예절을 번거롭게 하여 골머리를 앓게 하는 어리석은 짓을 범한 시절이 있었다. '남녀가 일곱 살이 되면 한자리에 앉지 마라〔男女七歲不同席〕.' 이보다 더한 번거로운 예절은 없었을 터이다. 심지어 가문(家門)에 누(累)가 되는 짓을 하게 되거든 차라리 가슴을 찍고 죽으라는 뜻에서 딸의 품에 은장도(銀粧刀)를 넣어 주기도 했다. 이보다 더 번거로운 예의는 없을 터이다. 지나치게 엄격하고 세세한 예의나 예절은 사람이 살지 못하도록 주리를 트는 형틀과 같다. 예절이 번거로우면 어기고 싶어져 난리(亂離)를 내는 법이다.

禮 예의 예 煩 번거로울 번 則 곧 즉 亂 어지러울 난
《서경》〈3편 상서(商書) 13장〉

111

學 于 古 訓　乃 有 獲
학　우　고　훈　　내　유　획

옛 가르침을 배우면
그 가르침에서 얻을 것이 있다

　사람이 살아가는 일은 날마다 변하여 지난날의 인생은 낡은 줄 알기 쉽다. 그러나 삶을 편하게 해 주는 기계는 변할지언정 바라는 삶은 변하지 않는다. 어디 요즘 사람만 행복을 바라고 옛날 사람은 행복을 바라지 않았겠는가? 분명 아닐 터이다. 옛 사람이나 지금 사람이나 모두 같고, 미래에도 그럴 것이다. 그렇다면 어제를 오늘의 거울로 삼을수록 좋다. 거울 앞에 서 보라. 그러면 제 얼굴이 보인다. 이처럼 옛 사람이 가르쳐 준 삶을 되돌아볼수록 지금의 삶에 보탬이 된다. 보탬이란 얻은 바가 있음이다. 옛 가르침에서 얻을 것은 돈도 아니요, 황금도 아니다. 무엇이 허물인지 아닌지 알아볼 수 있는 꼬투리가 옛 가르침 속에서 드러날 뿐이다. 그 꼬투리를 잡으면 갈피를 잡기 어려운 삶의 갈래를 풀어 가는 실마리를 찾을 수 있다. 삶을 슬기롭고 어질게 풀어 가도록 해 주는 꼬투리나 실마리는 돈을 주고도 사지 못한다. 옛 가르침에 잘 간직되어 있는 삶의 길흉(吉凶) 말이다.

　學 배울 학　于 ~을 우　古 옛 고　訓 가르칠 훈　乃 이에 내　有 있을 유
　獲 얻을 획　　　　　　　　　　　　　　《서경》〈3편 상서(商書) 14장〉

惟 學 遜 志
유　학　손　지

오로지 배움에는 뜻을 겸손히 하라

　탕 왕(湯王)의 반(盤)에는 '순일신(荀日新) 일일신(日日新) 우일신(又日新)'이라는 명(銘)이 새겨져 있었다. '진실로〔荀〕날로〔日〕 새로우면〔新〕 나날이〔日日〕 새로워지고〔新〕, 또〔又〕 날로〔日〕 새로워진다〔新〕.' 이는 날마다 자신을 향상(向上)하라 함이다. 요샛말로 한다면 날마다 자신을 업그레이드(Upgrade)하라는 말과 같다. 날마다 향상하고자 하는 마음이 없다면 배움〔學〕은 헛것이 되기 쉽다. 날마다 새롭게 살려는 사람은 건방을 떨지 않는다. 배움에 열중하는 사람은 늘 자신이 부족함을 느끼고, 찾아서 생각하고 터득하려 한다. 그런 마음가짐이 곧 배우려는 뜻이다. 뜻이란 마음을 부리는 일이다. 마음을 잠들게 해서야 무슨 뜻이 되겠는가. 뜻〔志〕을 심지(心之)라고도 한다. '마음이〔心〕 간다〔之〕.' 맴도는 것은 가는 것이 아니다. 새로운 곳을 향해 간다 함이 곧 갈 지(之)이다. 배움이란 모험이요, 탐험이요, 발견이다. 먼저 마음이 겸허해야 배울 것이 밝고 맑게 보인다. 좀 안다고 콧대 높이지 말라.

惟 오로지 유　學 배울 학　遜 몸을 낮출 손　志 마음가는 바 지
《서경》〈3편 상서(商書) 14장〉

惟 斅 學 半
유　　효　　학　　반

오로지 가르침은 배움의 절반이다

《예기(禮記)》의 〈학기(學記)〉에 보면 이런 말이 있다. '배운 뒤에야 앎이 부족함을 알고, 가르쳐 본 뒤에야 곤궁함을 안다. 부족함을 안 뒤라야 능히 애써 더 배우게 된다.' 그래서 교학상장(教學相長)이라 한다. 가르침과[教] 배움은[學] 서로 살펴[相] 자라게 한다[長]. 가르치면 배우는 쪽, 즉 학생만 배우는 것이 아니라 가르치는 사람도 덩달아 더 배우게 된다. 그런데 가르칠 것들을 달달 외어 녹음기처럼 전달하는 교사(教師)나 교수(教授)가 있다면 결국에는 학생 몸에 붙은 진드기 꼴이 되기 쉽다. 진드기가 잎새를 못쓰게 만들듯이 교사나 교수가 학생의 머리를 못쓰게 할 수도 있으니 말이다. 그러나 늘 새로운 내용을 마련해 학생에게 가르치려고 하는 사람은 배우는 사람을 자라게 하는 단비와 같다. 어찌 학생만 단비로 자라겠는가. 가르치는 사람도 덩달아 배워 더 자라는 법이다. 더 배울 것이 없다고 떵떵거리는 사람보다 덜된 사람은 없다. 가르치면서 더 잘 배운다는 말은 믿어도 된다.

惟 오로지 유　斅 가르칠 효　學 배울 학　半 절반 반
《서경》〈3편 상서(商書) 14장〉

非 天 夭 民
비　천　요　민

하늘이 백성을 일찍 죽이는 것이 아니다

죽지 못해 산다는 말이 백성의 입에 자주 오르내리면 대개 한 인간 탓에 세상이 막막해진 것이다. 백성을 못살게 하는 인간을 일러 옛날에는 폭군(暴君)이라 했고, 요새는 독재자(獨裁者)라 한다. 모두가 잘살고 싶지 어느 누가 못살고 싶겠는가. 그러나 한 인간 탓에 못사는 세상이 벌어질 때가 허다하다. 못사는 것은 인간 탓이지 하늘의 탓이 아님을 일러 비천요민(非天夭民)이라 한다. 백성이 제 명에 못살고 요절하는 것은 하늘의 탓이 아니라는 말이다. 폭군이나 독재자가 하나라도 있게 되면 백성은 요절나고 만다. 폭군은 백성을 후려제 밑에서 아부하고 아첨하는 충견(忠犬)들을 살찌게 할 뿐이다. 단 한 사람 때문에 백성의 삶이 그렇게 구겨지지 세상 탓에 그런 것은 아니다. 죽지 못해 사는 것은 살아도 사는 것이 아니라 죽은 것이다. 굶주림에 허덕이는 백성은 사는 맛을 잃어버려 내일에 바랄 것을 잃어버린다. 그러면 살아도 산 것이 아니다. 백성의 살맛을 앗아가는 것은 하늘이 아니다.

非 아닐 비　天 하늘 천　夭 젊을 요　民 백성 민
《서경》〈3편 상서(商書) 15장〉

民 中 絶 命
민   중   절   명

백성이 마음으로 명을 끊는다

왜 임금을 하늘에 뜬 해라고 하는가? 해가 만물을 고루 비쳐 주듯이 임금은 온 백성이 마음 편히 살게 해 줄 의무가 있는 까닭이다. 물론 지금은 임금이 없어진 세상이니 대통령으로 고치면 된다. 옛날 백성들은 삶을 잘 꾸려 가게 해 달라고 임금을 모셨고, 지금은 자신의 손으로 직접 대통령을 뽑는다. 그러나 백성들의 이러한 바람과는 달리 임금이 폭군이 되는 경우가 허다했고, 일꾼으로 뽑았지만 사납게 표변해 버린 독재자도 허다하다. 말로는 민주(民主)라면서 실상은 그렇지 않은 경우가 얼마나 많은가. 그래서 백성이 살맛을 잃어버리는 것이다. 백성의 살맛을 앗아 가면 곧 민중절명(民中絶命)의 세상이 되기 쉽다. 폭군이나 독재자가 군림하는 세상을 일러 민중절명의 현실이라고 한다. 민중(民中)이란 백성의 마음속이라는 말이다. 절명(絶命)이란 살맛이 없어졌음이다. 그러면 백성은 내일을 잃어버린다. 무엇 때문에 백성이 내일을 잃어버리는가? 그것은 결코 하늘〔天〕 탓이 아니다.

民 백성 민 中 마음 중 絶 끊을 절 命 목숨 명
《서경》〈3편 상서(商書) 15장〉

116

王司敬民
왕 사 경 민

임금이 맡은 일은 백성을 공경하는 것이다

　임금은 하늘이 맡긴 일을 다해야 하는 한 사람이다. 이것이 임금을 천리(天吏)라 부르는 까닭이다. 하늘이 임명한 관리(天吏)가 무엇보다 먼저 해야 할 일이 바로 경민(敬民)이라는 말이다. '백성을(民) 공경하라(敬).' 그렇지만 현실은 거꾸로 임금이 백성에게 임금을(王) 공경하라(敬) 하는 경우가 더 많다. 임금을 대통령으로 바꾸어도 안 될 것은 없다. 하늘을 곧 백성이 두루 간직한 마음(民心)으로 바꿀 수 있기 때문이다. 천심(天心)과 민심(民心)은 따로 있지 않고 하나라고 보는 까닭에 민심은 곧 천심이다. 백성이 바라는 바를 저버리지 말라(敬民). 백성의 마음을 편하게 하고 백성의 살림살이가 윤택해지도록 세상을 다스리려고 애써라(王司). 왕사(王司)를 민주주의 근본으로 새겨도 될 터이다. 백성의 충실한 머슴 노릇을 잘해 주기 바라고 투표하는 것이 아닌가. 백성이 하늘이다(敬民). 왕사경민(王司敬民)은 곧 민주(民主)라는 말이다.

王 임금 왕　司 맡을 사　敬 공경 경　民 백성 민

《서경》〈3편 상서(商書) 15장〉

罔非天胤
망 비 천 윤

하늘의 자손이 아닌 것이란 없다

천균(天均)·천일(天一)·대일(大一)·위일(爲一)·천윤(天胤) 등은 결국 다 같은 말씀이다. 차별(差別)하지 말라 함이요, 귀천(貴賤)을 따지지 말라 함이다. 사람은 귀하고 벌레는 천하다고 하지 말라. 사람은 만물을 차별하지만 하늘은 만물을 하나[一]로 보고 차별하지 않는다 함이 곧 천명(天命)이다. 사람은 귀해서 오래 살고 하루살이는 천해서 하루만 사는 것이 아니다. 하루살이는 단 하루에 증손자를 본다는 말처럼 하루살이의 하루는 인간의 한평생보다 길다. 인간은 증손자를 보지 못하고 죽는 경우가 훨씬 더 많으니 말이다. 이처럼 인간이나 하루살이나 모두 하늘의 자손이니 다를 것이 없다[天均] 함이 천윤(天胤)이라는 말이다. 경민(敬民)이라는 정신 역시 천윤이라는 생각에서 비롯되었음이다. 풀밭이든 자갈밭이든 함부로 걷지 말라 한다. 눈에 보이지 않는 작은 목숨들이 밟힐 수 있는 까닭이다. 이처럼 목숨을 소중히 하라 한다. 이것이 곧 천윤이다.

罔 없을 망　非 아닐 비　天 하늘 천　胤 자손 윤
《서경》〈3편 상서(商書) 15장〉

格 人 元 龜　　罔 敢 知 吉
격　인　원　구　　망　감　지　길

지극한 사람과 신령한 거북도
감히 행운을 알지 못한다

감려(戡黎)라는 나라의 무도한 제후(諸侯) 하나가 백성을
도탄에 빠지게 하자 주(周) 나라의 제후인 서백(西伯)이 감려
로 쳐들어가 백성을 구했다. 감려와 주는 둘 다 은(殷) 나라
의 천자(天子)인 주 왕(紂王) 밑에 속해 있던 제후국(諸侯國)
이었다. 그러나 주 왕의 무도함이 하늘을 찌르자 어진 신하
였던 조이(祖伊)는 주 왕을 향해 오로지 왕이 방탕해서 스스
로 나라의 명줄을 끊은 것이라고 직간(直諫)했다. 너무나 무
도해서 지극한 사람[格人]도 미래를 내다볼 수 없고, 신령한
거북도 미래를 점칠 수 없는 지경을 일러 격인원구(格人元龜)
망감지길(罔敢知吉)이라 한다. 줄여서 천기아(天棄我)라고도
한다. '하늘이[天] 우리를[我] 버렸다[棄].' 천기아(天棄我)의
아(我)는 폭군 밑에서 붙어먹는 무리를 말한다. 백성을 못살
게 구는 권력의 주구(走狗)들은 반드시 천벌을 받는다. 천벌
은 백성에게서 나온다.

格 이를 격　人 사람 인　元 으뜸 원　龜 거북 구　罔 못할 망　敢 감히 감
知 알 지　吉 좋을 길.　　　　　　　　　　　《서경》〈3편 상서(商書) 16장〉

119

乃 罪 多 參 在 上
내 죄 다 참 재 상

너의 죄가 하늘에 빽빽이 들어서 닿아 있다

　　무도함이 극에 달한 지경을 일러 내죄다참재상(乃罪多參在
上)이라 한다. 내죄(乃罪)는 너의[乃]의 죄[罪]라는 말로, 하
늘이 두렵고 무섭지 않느냐는 말과도 같다. 어진 사람은 하
늘을 두려워하고, 덜떨어진 사람은 하늘이라는 말을 비웃는
다. 머리 위에 있는 허공만 하늘이 아니다. 마음이 곧 하늘인
줄 아는 사람은 무슨 일이 있어도 남에게 못할 짓을 범하지
않는다. 어진 마음이란 마음을 하늘로 아는 이의 마음가짐이
다. 하늘이란 천지(天地)를 일러 말한다고 생각해도 된다. 만
물을 낳아 주는 천지(天地)가 곧 하늘이다. 하늘[天地]이 만
물을 낳는 마음[心]을 일러 인(仁)이라 한다. 그리고 그런 인
(仁)을 본분으로 삼는 것이 덕(德)이다. 덕을 잃는 것은 하늘
에 죄를 짓는 것이라고 했다. 그래서 공자는 하늘에 죄를 지
으면 빌 곳도 없다고 했다. 네 죄가 하늘에 닿았다는 말보다
더 무서운 경고는 없다. 그러나 요새는 하늘이 무섭지 않느
냐 하면 피식 웃고 만다. 이처럼 무서운 세상이 되고 말았다.

乃 너 내　罪 죄 죄　多 많을 다　參 빽빽이 들어설 참　在 있을 재　上 하
늘 상
　　　　　　　　　　　　　　　　　《서경》〈3편 상서(商書) 16장〉

好草竊姦宄
호 초 절 간 귀

노략질하고 훔치고 안팎으로 난장판을 좋아한다

　막돼먹어 막가는 세상을 두고 호초절간귀(好草竊姦宄)의 세상이라 한다. 노략질할 초(鈔)를 풀 베는 초(草)로 대신한 셈이고, 절(竊)은 도(盜)와 같으니 훔치는 짓이고, 간(姦)은 안에서 못된 짓을 범하는 것이고, 귀(宄)는 드러내 놓고 못된 짓을 범하는 것이다. 미자(微子)는 앞날이 없는 은(殷) 나라를 두고 이렇게 묘사했다. 어찌 옛날 은 나라만 초절(草竊)하고 간귀(姦宄)한 세상이었겠는가. 망해 가는 나라치고 그렇지 않은 경우가 없었다. 온 세상이 도적의 소굴이 되면 오히려 훔칠 줄 모르는 놈이 병신이 된다. 무도한 세상에서는 왕도(枉道)가 왕도(王道)를 쳐내고, 굽은 길〔枉道〕이 곧은 길〔王道〕을 쳐낸다. 이러한 지경이 바로 등쳐먹고 훔쳐먹는〔草竊〕 세상이고, 이런 세상에서는 안에서나 밖에서나 못된 짓거리만 골라 하는〔姦宄〕 세태가 빚어진다. 이런 난세에 올곧은 마음을 갖추고 살기란 참으로 힘든다. 그러나 아무리 힘이 들어도 변소간에 단청(丹靑)하고 사는 놈들을 따라 살면 안 된다.

好 좋아할 호　草 풀 벨 초　竊 훔칠 절　姦 간사할 간　宄 난잡할 귀
《서경》〈3편 상서(商書) 17장〉

若 涉 大 水 其 無 津 涯
약 섭 대 수 기 무 진 애

큰물을 건너는데 나루도 강가도 없는 것 같다

'미래가 없다, 바라볼 것이 없다, 희망이 없다.' 이런 삶은
사는 것이 아니라 죽지 못해 사는 꼴이다. 섭대천(涉大川)이
나 섭대수(涉大水)는 같은 말이다. 《주역(周易)》의 〈경문(經
文)〉에는 이섭대천(利涉大川)이라는 말이 자주 나온다. 섭대
천(涉大川)은 목숨을 위태롭게 하는 큰 난관을 뚫고 나아감을
말한다. 그런 난관에 부딪쳤는데도 잡을 지푸라기 하나 없다
면 얼마나 막막하겠는가. 무도한 폭군은 백성을 깊은 물에
밀어 넣고 허우적거리게 하는 놈이 아니던가. 주 왕이야말로
그런 폭군의 화신(化身)이다. 막막한 세상을 무진애(無津涯)
같다 한다. 나루〔津〕나 언덕〔涯〕이 있어야 물을 피할 것이 아
닌가. 물수렁 같은 세상이 되어 숨쉴 수 없다면 섶 지고 불구
덩이로 뛰어드는 심정으로 팔뚝을 걷어올리고 난세와 부딪
쳐야 하리라. 구한말에 녹두장군 전봉준(全琫準, 1855~1895)
이 그랬으리라. 오죽하면 백성이 빌었겠는가. '새야 새야 파
랑새야, 녹두 밭에 앉지 마라. 녹두꽃이 떨어질라.'

若 같을 약 涉 건널 섭 大 큰 대 水 물 수 其 그 기 無 없을 무 津 나
루 진 涯 물가 애　　　　　　　　　　《서경》〈3편 상서(商書) 17장〉

用 乂 讐 斂
용　예　수　렴

다스린답시고 원수처럼 거두어들인다

　가렴주구(苛斂誅求)는 용예수렴(用乂讐斂)과 같은 말이다.
가혹하게 거두어들여 사정없이 재물을 빼앗아 들이는 짓은
누가 범하는가? 권력을 쥔 무리가 아니면 어느 누가 그런 짓
을 범하겠는가. 폭군 밑에는 반드시 백성의 피를 빨아먹는 간
신(姦臣)이 득실거리고, 너도나도 폭군의 폐신(嬖臣)이 되겠
다고 갖은 아첨을 다 떤다. 이런 아첨만 좋아라 하는 것이 폭
군이다. 폭군에게 아첨하고 나온 무리들은 흡혈귀로 돌변해
백성의 피를 빨아먹는다. 예(乂)란 본래 풀을 벤다는 뜻이었
으나 잡초를 베어 없앤다는 뜻에서 다스린다(治)는 말로도 쓰
게 된 것이다. 잡초를 베어 내면 곡식은 고맙다는 듯이 잘 자
란다. 그래서 예(乂)는 어질다는 뜻도 지닌다. 그러나 폭군 밑
에서는 늘 다스림을 빙자해 백성을 못살게 하면서 백성의 재
물을 거두어들이는 꼴이 빚어진다. 기꺼이 낼 수 있을 만큼만
거두어들인다면 왜 백성들이 폭군을 원수로 생각하겠는가.
백성을 원수처럼 다루니 폭군을 원수로 쳐 받는 것이다.

　用 쓸 용　乂 다스릴 예　讐 원수 수　斂 거두어들일 렴
《서경》〈3편 상서(商書) 17장〉

주서
周書

주서(周書)

주(周)는 BC 1122년부터 BC 256년까지 중국을 다스렸다. 주 나라의 조상은 순(舜) 임금 때의 후직(后稷)이었던 기(棄)로, 뒷날 고공단보(古公亶父)에 이르러 지금의 협서성(陝西省) 기산현(岐山縣)인 기(岐) 땅으로 옮겨 나라 이름을 주(周)라고 했다. 그래서 고공단보를 일러 태 왕(太王)이라 부른다. 단보(亶父)가 죽자 그의 아들인 계력(季歷)이 나라를 이었고, 다시 계력의 아들인 창(昌)이 그 뒤를 잇는다. 창(昌)은 덕을 닦아 민심을 얻어 덕치(德治)를 폈기에 문 왕(文王)이라 불린다. 다시 창(昌)의 아들 발(發)이 나라를 이어받아(BC 1122) 무도한 폭군이었던 은(殷) 나라 주 왕(紂王)을 쳐내고 주 나라를 중국 천하를 다스리는 천자(天子)의 나라로 일군다. 그러한 발(發)을 무 왕(武王)이라 한다. 주 나라는 한문화(漢文化)의 기초를 다진 왕조(王朝)인 셈이다.

주서(周書)의 요점

126

■ 1장 태서상(泰誓上)

태(泰) · 태(太) · 대(大)는 모두 같은 말이다. 태서(泰誓)는 매우 크나큰 훈시라는 뜻으로, 무 왕(武王)인 발(發)이 상(商) 나라 주 왕(紂王) 수(受)를 치기에 앞서 맹진(孟津)이라는 나루에 모인 여러 제후들과 장병들에게 행한 훈시다. 이 훈시는 맹진 나루를 건너기 전에 행한 것으로 알려져 있다.

■ 2장 태서중(泰誓中)

주(周) 나라 무 왕(武王)이 맹진을 건너 여러 제후들과 병사들에게 다시 한번 주 왕(紂王)을 치는 까닭을 훈시하는 장이다.

■ 3장 태서하(泰誓下)

주(周) 나라 무 왕(武王)이 맹진을 건너 하루를 묵은 다음 주 왕(紂王)과의 결전을 앞두고 병사들에게 마지막으로 행한 훈시다. 오륜(五倫)을 업신여기고 하늘을 얕잡아 보면서 백성을 원수로 아는 주 왕을 내쳐야 하는 까닭을 다시금 다져 두는 장이다.

■ 4장 목서(牧誓)

주 왕(紂王)의 무리와 근접한 곳[牧]에서 무 왕(武王)이 마지막으로 폭군과의 결전을 다짐하며 훈시하는 장이다. 무 왕은 목(牧)에서 주 왕과 결전하는데, 그에 앞서 장병들에게 행한 무 왕의 훈시는 격렬한 말씨로 드러난다. '암탉이 울면 집안이 망한다'는 말이 이 장에서 나왔다.

■ 5장 무성(武成)

상(商) 나라 주 왕(紂王)을 쳐부순 다음 상 나라를 재건한 업적을 무 왕(武王)이 밝히는 장이다. 그러나 이 장은 읽기가 어려운 것으로 이름나 있다. 사관이 죽간(竹簡)에 기록한 까닭에 대쪽들이 섞이고 바뀌어 내용이 엇갈려 앞뒤가 맞지 않기 때문이다. 그렇더라도 이 장에 있는 몇 마디 말씀을 귀담아 두는 데는 어려움이 없다는 생각이다.

■ 6장 홍범(洪範)

홍범구주(洪範九疇)를 말하고 있다. 홍(洪)은 크다는 뜻이고 범(範)은 규범(規範)의 줄임말로, 홍범(洪範)이란 온 세상에 두루 통하는 규범을 말한다. 주(周) 나라 무 왕(武王)이 상(商) 나라 주 왕(紂王)을 쳐부수고 주의 아들인 무경(武庚)을 봉하여 상 나라의 제사를 받들게 하고, 상 나라의 현자인 기자(箕子)를 주 나라로 데리고 와 하늘의 도〔天道〕를 묻자 기자가 홍범구주를 말해 준다. 이 장에는 자주 인용되는 말씀들이 많다.

■ 7장 여오(旅獒)

여(旅)는 중국 서쪽에 있던 미개한 나라의 이름이고, 오(獒)는 개(犬)를 말한다. 여 나라가 공물(貢物)로 개를 바친 것을 두고 무 왕(武王)이 좋아하자 소공상(召公奭)이라는 신하가 천자(天子)로서 사사로운 것을 좋아하면 왕도(王道)를 실현할 수 없다고 간(諫)함으로써 나라가 저절로 잘 다스려질 수 있는 방편을 밝히고 있다. 작은 일이 큰 일을 그르치기 쉽다는 점을 들고, 다스리는 사람은 무엇보다 위엄을 잃어서는 안 됨을 밝히고 있다.

■ 8장 금등(金縢)

주공(周公)이 현명한 치자인 줄 모르고 의심하다가 자물쇠가 채워진 궤짝(金縢) 속에 들어 있던 주공이 봉해 둔 글을 읽고 성 왕(成王)이 뉘우치는 내용을 담고 있다. 성 왕이 주공을 높이 받들어 주공의 도움으로 나라를 잘 다스리게 된 내용이다.

■ 9장 대고(大誥)

현자인 주공을 모함했던 관숙(管叔)과 채숙(蔡叔)이 은(殷) 나라의 무경(武庚)과 함께 반란을 꾀해 민심을 소란케 하자 성 왕(成王)은 주공으로 하여금 이들을 토벌케 했다. 비록 많은 신하들이 전쟁을 반대했지만 이들을 쳐야 할 이유를 천하에 밝히는 내용이다.

■ 10장 미자지명(微子之命)

무 왕(武王)이 은(殷) 나라를 쳐 주 왕(紂王)을 징벌하고 그
의 아들 무경(武庚)을 왕위에 오르게 하나 못된 짓을 범하자
무경을 쳐내고 주 왕의 형인 미자(微子)를 봉하여 송(宋) 나라
로 불렀다. 성 왕(成王)이 미자를 봉하며 한 말이 내용이다.

■ 11장 강고(康誥)

무경(武庚)을 내친 다음 은(殷) 나라를 양분하여 반은 미자
(微子)에게 맡기고, 나머지 반은 강숙(康叔)을 봉하여 위(衛)
나라로 했다. 성 왕(成王)이 강숙을 제후로 봉하면서 한 말이
이 장의 내용이다. 강숙은 무 왕(武王)의 동생이다.

■ 12장 주고(酒誥)

주공(周公)이 성 왕(成王)의 명을 받아 관숙(管叔)을 위(衛)
나라 제후로 봉하면서 훈계한 내용이다. 술이 미치는 작폐
(作弊)를 들어 술을 멀리하라는 훈계를 담고 있다.

■ 13장 자재(梓材)

가래나무〔梓〕는 글을 새기는 판목(板木)으로, 가장 값진 것
이다. 이 가래나무를 예로 들어 나라를 다스리는 법을 일깨

우고 있다. 가리나무 재(梓)를 판목이란 뜻으로 읽을 때는 자
(梓)라고 발음하기도 한다.

■ 14장 소고(召誥)

성 왕(成王)은 무 왕(武王)의 뜻을 따라 낙(洛) 땅에 새 도읍
을 정하고자 한다. 소공(召公)을 시켜 낙 땅을 조사하게 하고
는 그 결과를 소공이 주공(周公)을 통해 성 왕에게 고하는 내
용이다.

■ 15장 낙고(洛誥)

성 왕(成王)은 주공(周公)을 낙(洛) 땅에 머무르게 한다. 성
왕과 주공 사이에 오간 문답을 실어 낙 땅을 세상에 널리 고
하여 알리는 내용이다.

■ 16장 다사(多士)

성 왕(成王)이 낙읍(洛邑)을 이룩한 뒤 은(殷) 나라 사람들
이 그곳에 와 살게 하고 싶어하자 그렇게 하도록 주공(周公)
이 은 나라 관리들을 설득하는 내용이다.

■ 17장 무일(無逸)

주공(周公)이 성 왕(成王)에게 조정을 넘기고 난 다음 성 왕
에게 훈계한 내용으로, 편하게 노는 것만을 탐하지 말라는

내용을 담고 있다.

■ 18장 군석(君奭)

석(奭)은 소공(召公)의 이름이고, 군(君)은 존칭이다. 소공이 늙었음을 들어 은퇴하려 하자 주공(周公)이 말리는 내용이다.

■ 19장 채중지명(蔡仲之命)

채중(蔡仲)은 채숙(蔡叔)의 아들이다. 현명하였기에 그를 다시 채(蔡) 나라에 봉하여 제후로 삼으면서 훈계한 내용이다.

■ 20장 다방(多方)

회이(淮夷)와 엄(奄) 나라가 다시 모반을 일으키자 성 왕(成王)이 이들을 정벌하고 난 다음 주공(周公)으로 하여금 은(殷) 나라 백성이 많이 살던 나라들을 향해 훈계하게 한 내용이다. 여기서 방(方)은 나라[國]와 같으며, 다방(多方)은 여러 나라를 일컫는다.

■ 21장 입정(立政)

정치(政治)의 정(政)은 정(正)으로 밝혀 정(正)을 일구게 하는 관장(官長)의 뜻으로 삼고, 입(立)은 그런 관장(官長)을 앉힌다는 뜻을 담고 있는 내용이다. 정사(政事)를 맡고 있는 관리들을 향한 훈계가 내용이다.

■ 22장 주관(周官)
주(周) 나라의 관제(官制)를 살펴보게 하며, 성 왕(成王)이
관리들에게 내린 훈계를 담고 있다.

■ 23장 군진(君陳)
군진(君陳)은 사람 이름이다. 주공(周公)이 돌아가자 군진
으로 하여금 주공을 대신해 주공이 열었던 동교(東郊)를 다
스리게 하면서 성 왕(成王)이 내린 훈계가 내용이다.

■ 24장 고명(顧命)
고(顧)는 되돌아보는 것이고, 명(命)은 명령(命令)을 뜻한
다. 성 왕(成王)은 죽음을 앞두고 소공(召公)과 필공(畢公)에
게 제후들을 잘 거느려 뒤를 이을 강 왕(康王)을 잘 보살펴
달라고 유언한다. 그러나 성 왕의 장례 모습과 강 왕의 즉위
에 관한 내용이 대부분이다.

■ 25장 강왕지고(康王之誥)
이 장은 앞의 고명(顧命)에 포함되기도 한다. 강 왕(康王)이
임금으로써 훈계한 내용을 담고 있다.

■ 26장 필명(畢命)

강 왕(康王)이 필공(畢公)으로 하여금 성주(成周)의 백성을 잘 다스리도록 하면서 내린 훈계다. 성 왕과 강 왕 때는 전쟁이 없는 평화로운 시대였던 까닭에 그 내용이 부드럽다.

■ 27장 군아(君牙)

목 왕(穆王, BC 1001~946)이 군아(君牙)에게 대사도(大司徒)라는 벼슬을 내리면서 훈계한 내용이다. 강 왕(康王)의 아들 소 왕(召王)이 50여 년에 걸쳐 재위하다가 목 왕이 왕위를 물려받아 45년 동안 주 나라를 다스리게 된다. 목 왕은 강왕의 손자인 셈이다. 이 기간 동안 태평한 세대를 이루자 주(周) 나라 백성들은 해이해지기 시작하는 징후를 보인다.

■ 28장 경명(冏命)

목 왕(穆王)이 백경(伯冏)을 태복(太僕)이라는 벼슬에 임명하면서 훈계한 내용이다. 태복이라는 벼슬은 별로 높지는 않으나 임금과의 관계가 밀접한 자리다. 임금의 일상생활을 옆에서 돕고 명령을 전하는 자리인 까닭이다.

■ 29장 여형(呂刑)

목 왕(穆王)은 여후(呂侯)를 사구(司寇)에 임명하고, 여후는 그 명을 받아 우(禹) 임금의 속형(贖刑)을 본받되 그 범위를 더욱 넓혀 돈을 내고 속죄(贖罪)하는 새로운 법을 마련하기도 했다. 그 내용을 담고 있다.

■ 30장 문후지명(文侯之命)

평 왕(平王)이 진(晉) 나라 문후(文侯)를 방백(方伯)으로 임명하면서 훈계한 말을 담고 있다. 방백(方伯)은 제후의 우두머리를 말한다. 목 왕(穆王)과 일곱 임금이 재위한 뒤 평 왕이 재위했으나 그 사이의 기록은 《서경(書經)》에는 흔적도 없다. 아마도 이 시기는 사관들이 기록해 둘 만한 내용이 없었던 것이라는 설(說)이 유력하다.

■ 31장 비서(費誓)

서주(西州)의 오랑캐와 회북(淮北)의 오랑캐가 반란을 일으키자 노(魯) 나라 제후가 이들을 치기에 앞서 비(費)라는 땅에 군사를 모아 놓고 전쟁에 관해 훈시한 내용을 담고 있다.

■ 32장 진서(秦誓)

주(周) 나라 양 왕(襄王) 때의 일을 담고 있다. 이때 가장 강한 나라는 진(晉)과 진(秦)이었다. 진(秦) 나라 목공(穆公)이 정(鄭) 나라를 치고자 군사를 보냈으나 도중에 진(晉) 나라 군사에게 대패하고 만다. 목공이 정 나라를 탐하다 패했음을 뉘우치고 훈시한 것이 내용이다.

惟 天 地 萬 物 父 母
유 천 지 만 물 부 모

오직 하늘과 땅이 만물의 어버이다

극동 문화권의 정신은 바로 천지를 만물의 어버이로 여기는 데 그 핵심이 있다. 천명(天命)을 어버이의 분부라고 여길 수 있는 근거가 바로 천지(天地)를 만물의 어버이로 보는 것이다. 왜 만물을 일러 천윤(天胤)이라 하고, 그 천윤(天胤)을 일러 천일(天一)이라 하는지 또한 헤아려 볼 수 있다. 만물은 모두 하늘과 땅의 자손[天胤]이니 한가족[天一]이라는 생각을 하게 된다. 그리하여 인(仁)이라는 것 역시 하늘땅이 어버이라는 정신에서 비롯된다. 어짊[仁]이란 무엇인가? 천지생물지심(天地生物之心)이라는 것이다. 하늘땅이[天地] 온갖 것을[物] 낳는[生] 마음이[心] 어짊이다. 열 손가락 깨물어 아프지 않은 손가락 없듯이 천지의 입장에서 본다면 인간이나 지렁이나 다 같은 자식이다. 다만 인간이 다른 것들에 비해 조금 더 영악하고 똑똑할 뿐이다. 천지를 얕보려는 인간의 오만보다 더한 불효(不孝)는 없다.

惟 오직 유 天 하늘 천 地 땅 지 萬 일만 만 物 만물 물 父 아버지 부
母 어머니 모   《서경》〈4편 주서(周書) 1장〉

惟 人 萬 物 之 靈
유　인　만　물　지　영

오직 사람은 만물의 영(靈)이다

　만물지영(萬物之靈)의 영(靈)은 우두머리라는 뜻이 아니다. 만물 가운데 으뜸으로 총명(聰明)하다는 말이다. 그래서 단 총명(亶聰明)이면 작원후(作元后)라고 한다. '진실로[亶] 마음이 밝고 밝다면[聰明] 천자가[元后] 될 수 있다[作].' 진실로 하늘땅이 만물의 어버이임을 알고 그 뜻에 따라 산다면 누구나 천자(天子)가 될 수 있다. 이는 천명(天命)을 어기고는 누구도 살아남을 수 없음을 말한다. 하늘땅의 바람은 만물이 오순도순 함께 어울려 사는 데 있다. 이를 일러 천균(天均)이라 한다. 너나 할 것 없이 한 뱃속[天地]에서 나왔으니 서로 어울려 사는 능력을 발휘할 수 있는 으뜸이 곧 사람이다. 영(靈)은 신통(神通)하다는 말이다. 하늘의 기운[神]이 통한다[通] 함이 곧 영(靈)이다. 이런 기운이 통하는 까닭에 사람은 다른 어떤 만물보다 정신(精神)이라는 기운을 누려 선악을 가릴 줄 안다. 사람은 다른 것들에 비해 총명할 뿐 만물의 주인은 아니라는 말이다.

惟 오직 유　人 사람 인　萬 만 만　物 만물 물　靈 신령 영
《서경》〈4편 주서(周書) 1장〉

沈湎冒色
침 면 모 색

술에 빠지고 여색에 놀아난다

무 왕(武王) 발(發)이 주 왕(紂王) 수(受)를 규정한 말이다. 침면모색(沈湎冒色)은 주지육림(酒池肉林)과 의미가 같다. 술에 빠지고[沈湎] 여색에 유혹되어 빠져 버렸다[冒色]는 것은 총명(聰明)을 버린 꼴이다. 그런 꼴은 인간의 탈만 썼을 뿐 정신머리 나간 살덩이에 불과하다. 살덩이에 불과한 것은 천자(天子) 노릇을 할 수 없다고 발(發)이 천명한 것이다. 진실로 총명해야 천자가 될 수 있다 하지 않았던가. 술에 놀아나고 여색에 놀아나면서 학정(虐政)을 자행하는 무리라면 하늘의 이름을 빌려 징벌해야 한다. 백성을 굶주리게 하여 살맛을 앗아가는 폭군은 천벌을 받아야 하는 까닭이다. 독재자의 끝이 왜 험하고 흉한가. 못할 짓을 밥먹듯이 자행한 죄과(罪過)를 면할 수 없기 때문이다. 하늘에 죄를 지으면 빌 곳도 없다는 공자의 말씀을 귓듣지 말라. 백성을 못살게 하면 어떤 권력이든 천벌을 받는다. 백성의 몰매가 바로 천벌이다.

沈 가라앉을 침　湎 빠질 면　冒 무릅쓸 모　色 여색 색
《서경》〈4편 주서(周書) 1장〉

同 力 度 德
동 력 도 덕

힘이 같다면 덕을 헤아린다

힘은 두 갈래다. 내가 나 자신을 이겨내는 힘〔强〕이 있고
내가 남을 이겨내는 힘〔力〕이 있다. 그래서 강력(强力)하다
하지 역강(力强)하다 하지 않는다. 강(强)이 먼저이고 역(力)
은 뒤라는 말이다. 강하지 못하면서 힘이 세다고 오두방정을
떠는 것은 자기 스스로를 이겨내는 강(强)이 없는 까닭이다.
강한 사람은 덕을 쌓지만 역(力)하기만 한 사람은 부덕(不德)
하기 쉽다. 그러니 힘이 세다면 어느 힘이 센지를 헤아려 재
보라 함이 곧 동력도덕(同力度德)이다. 같은 힘이라면 강력
(强力)한 사람이 더 후덕(厚德)할 수 있음이다. 역(力)을 앞세
우려는 사람은 남을 이기려는 욕심으로 넘친다. 그러면 주변
사람을 괴롭히는 결과를 빚게 마련이다. 사람을 불안하게 하
고 무섭게 하는 인간에게는 덕이 없다. 덕이란 무엇인가? 만
물을 편안케 하려는 마음가짐이다. 그런 마음가짐이 풍부한
지 아닌지 인간을 달아 보라는 말이다. 힘〔力〕만 앞세우는 인
간은 참으로 못난 놈이다.

同 같을 동 力 힘 력 度 헤아려 잴 도 德 큰 덕

《서경》〈4편 주서(周書) 1장〉

同 德 度 義
동 덕 도 의

덕이 같다면 의를 헤아린다

의롭다 함은 부끄러울 것이 없음이다. 그러니 숨기고 감추고 할 것이 없다. 그래서 의로운 마음은 늘 마음속을 열어 둔다. 남들이 그 속을 들여다볼 수 있게 정직한 사람은 참으로 의롭다. 의롭다 함은 남김없이 어짊을 실천한다 함이다. 그러니 덕이 같다면 얼마나 어짊을 실천하는지 따져 보라는 것이 곧 동덕도의(同德度義)다. 이는 곧 한마음으로 통하는 길을 말한다. 그래서 발(發)은 우리는 한마음이지만 포악한 수(受)의 무리는 저마다 마음이 달라 억만 개나 된다고 선언한다. 콩가루 집안 같다는 말을 떠올리면 된다. 바람에 날리는 콩가루처럼 된다는 것은 저마다 숨긴 속셈이 달라 제 뱃속만 채우려고 덤비는 것과 같다. 이런 세상이야말로 더할 바 없는 난세가 아니던가. 왜 민심이 소란스럽겠는가? 의롭지 못한 치자들이 백성을 등치기 때문이 아닌가. 부덕한 치자가 하나라도 있으면 마치 미꾸라지와 같아 방죽 물이 맑기를 바랄 수 없다.

同 같을 동 德 큰 덕 度 헤아릴 도 義 옳을 의
《서경》〈4편 주서(周書) 1장〉

民之所欲 天必從之
민　　지　　소　　욕　　천　　필　　종　　지

백성이 바라는 바를 하늘은 반드시 따른다

　민심(民心)은 천심(天心)임을 알게 하는 말이다. 하늘을 두
고 무친(無親)이라 하기도 한다. 하늘은 무엇 하나만을 편애
하지 않는다[無親]. 팔이 안으로 굽는다 함은 인간의 속셈일
뿐 하늘과 땅은 편애를 모른다. 그러니 하늘이 폭군을 그냥
둘 리 없다. 이는 백성이 몰매를 가해 폭군을 없애 버린다는
말로 들어도 된다. 임금은 쪽배이고 백성은 강물이라 하지
않는가. 강물이 화가 나면 쪽배 따위는 산산조각 나고야 만
다. 이처럼 백성이 화를 내면 하늘땅도 화를 낸다. 백성이 원
하면 무엇이든 그 목숨을 잇고, 백성이 바라지 않으면 무엇
이든 목숨을 부지하기 어렵다. 이런 이치를 안다면 어찌 폭
군이나 독재자 노릇을 할 것이며, 남들에게 손가락질 당할
짓거리를 범하겠는가. "네 이놈, 하늘이 두렵지 않느냐?" 이
런 호령에 몸둘 바를 몰라 하던 시절이 있었다. 그러나 지금
은 싱거운 소리 말라면서 못된 짓거리를 마다 않는 세상이라
우리 모두 천벌을 머리 위에 이고 사는 중이다.

民 백성 민　之 ~의 지　所 바 소　欲 바랄 욕　天 하늘 천　必 반드시 필
從 따를 종　之 그것 지　　　　　　　　　　　《서경》〈4편 주서(周書) 1장〉

吉 人 爲 善　惟 日 不 足
길 인 위 선　유 일 부 족

좋은 사람은 선을 행하되 날마다 부족하다

　착한 일을 하는데도 하루하루가 부족한 사람에게는 악한
일을 저지를 겨를이 없다는 말이다. 남을 돕고 남을 이해하고
용서하면서 세상살이를 이어가려는 사람들이 없다고 생각하
지 말라. 언제나 세상에는 착한 사람이 악한 사람보다 훨씬
더 많은 법이다. 그렇지 않다면 인간 세상은 단 하루도 부지
하지 못할 것이다. 악당(惡黨)은 세상을 망치고 마는 까닭이
다. 인간 세상이 그래도 돌아가는 것은 아직은 선한 사람들이
더 많다는 증거 아니겠는가. 다만 참으로 착한 사람이 날마다
줄어든다는 두려움이 앞서기는 한다. 너야 죽든 말든 나만 잘
살면 그만이라는 인간들이 자꾸만 늘어나 세상이 무섭다. 포
악한 인간들이 선량한 인간을 공포로 몰아 가는 세상이 아닌
지 의심될 때가 많아진다. 그러니 주(周) 나라 무 왕(武王)이
내쳐야 했던 주 왕(紂王)의 심술(心術)이 영영 없어진 것은 아
니다. 주 왕을 닮은 악당이 있는가 하면 사람을 소중하게 여
기는 선량한 사람도 있다. 나부터 선량한 사람이 되면 된다.

　吉 좋은 길　人 사람 인　爲 행할 위　善 착할 선　惟 오직 유　日 날 일
不 아닐 부　足 흡족할 족　　　　　　　《서경》〈4편 주서(周書) 2장〉

朋 家 作 仇
붕　가　작　구

무리를 이룬 가문들이 원수를 삼는다

　가문(家門)이라는 것이 문벌(門閥)이 되면 서로 벌열(閥閱)
이 되려고 살기(殺氣)를 품게 마련이다. 권세에서 밀려난 문
벌은 바람든 무와 같다. 그러다 보니 다시 권세를 틀어쥘 수
있는 실세(實勢)가 되고자 온갖 꾀를 짜내 발버둥치면서 벌
열이라는 세상을 사생결단(死生決斷)의 마당쯤으로 여긴다.
우리나라도 한때 벌열의 다툼 통에 백성만 죽어 났던 서글픈
역사가 있다. 가문이 한패를 이루어 다른 가문과 힘을 겨루
던 시대는 사라졌지만 이제는 정당(政黨)이라는 것이 생겨나
옛날 가문들처럼 세력 싸움을 감행하는 세상이 되었다. 입으
로는 상생(相生)하자 하지만 서로 헐뜯어 대면서 원수〔仇〕를
짓고 있으니〔作〕 그 사이에 낀 국민들은 어리둥절할 때가 허
다하다. 정당들이 작구(作仇)하다 보면 국민만 골탕먹는다.
이 또한 현대판 붕가작구(朋家作仇)가 아니겠는가.

朋 무리 붕　家 집 가　作 지을 작　仇 원수 구
《서경》〈4편 주서(周書) 2장〉

脅權相滅
협 권 상 멸

권력을 앞세워 위협하면 서로 망해 없어진다

　권력 다툼보다 더 무서운 싸움은 없다. 권력은 고깃덩이와
같아 한번 물면 뱉기가 어렵다고 한다. 권력도 방편을 따라
바르게 쓰면 사람을 살리지만 함부로 휘둘러 대면 그보다 더
무서운 칼바람이 없다. 그런데 권력 다툼이란 드러내 놓고
하기보다는 드러나지 않게 하는 탓에 그 다툼은 늘 암투(暗
鬪)가 되게 마련이다. 그래서 권력 다툼은 늘 술수(術數)를
부린다. 술수란 잔재주가 엮어 내는 꼼수요, 속임수에 불과
하다. 속임수란 결국 제가 놓은 덫에 걸려드는 경우를 불러
오기 쉽다. 제 손에 든 도끼로 제 발등을 찍는다 하지 않는
가. 속담이 틀리는 경우는 없다. 이처럼 권력 다툼이란 이기
는 것처럼 보이지만 결국 패배하고 만다. 오죽하면 권불십년
(權不十年)이라 했겠는가. 못된 권세(權勢)는 일 년도 가지 못
하는 수가 있다. 이처럼 권력을 앞세워 노략질하면 그 끝은
늘 망한다. 권력에 걸신 들렸다가 눈 빠진 놈들을 많이 보았
다.

脅 으를 협　權 권세 권　相 서로 상　滅 망해 없어질 멸
《서경》〈4편 주서(周書) 2장〉

惟 受 罪 浮 于 桀
유 수 죄 부 우 걸

오로지 수(受)의 죄는 걸(桀)보다 더하다

수(受)는 은(殷) 나라의 폭군인 주 왕(紂王)을, 걸(桀)은 하(夏) 나라의 폭군 걸 왕(桀王)을 말한다. 주(周) 나라의 무 왕(武王) 발(發)은 수(受)의 죄목(罪目)을 이렇게 열거한다. '각상원량(刻喪元良)·적학간보(賊虐諫輔)·위기유천명(謂己有天命)·위경부족행(謂敬不足行)·위폭무상(謂暴無傷).' 이 중 하나만 저질러도 폭군과 독재자가 된다. 착하고 선량한 사람을〔元良〕 상처 내고〔刻〕 망친다〔喪〕. 직언하고〔諫〕 돕는 사람을〔輔〕 배반자로〔賊〕 몰아 학대한다〔虐〕. 자기에게〔己〕 천명이〔天命〕 있다고〔有〕 지껄인다〔謂〕. 공경은〔敬〕 행할 것이〔行〕 못된다고〔不足〕 지껄인다〔謂〕. 포악해도〔暴〕 상처 내지〔傷〕 않는다고〔無〕 지껄인다〔謂〕. 각상원량(刻喪元良)의 각상(刻喪)은 주 왕이 제 숙부인 비간(比干)의 가슴을 찢어 심장을 도려내 강물에 던진 일을 떠올리면 되고, 적학간보(賊虐諫輔)의 적학(賊虐) 역시 성군이 되라는 간청을 듣지 않고 내친 일을 떠올리면 된다. 이런 못된 폭군은 결국 생죽음을 당한다.

受 받을 수 罪 죄 죄 浮 뜰 부 于 ~보다 우 桀 홰 걸
《서경》〈4편 주서(周書) 2장〉

145

雖 有 周 親　不 如 仁 人
수　유　주　친　　불　여　인　인

비록 지극히 친한 사람이 있다 해도
어진 사람만 못하다

인인(仁人) · 인자(仁者) · 군자(君子) 등은 모두 같은 말씀이다. 아무리 친하다 해도 그 사람이 어질지 못하다면 친하지 않은 것만 못할 때가 많다. 친구 따라 강남 간다 하지만 그 친구가 도둑놈이면 나도 덩달아 도둑이 되고 만다. 그래서 공자도 나보다 인덕(仁德)이 못한 자와는 사귀지 말라고 했다. 어진 사람[仁人]이라면 따지지 말고 가까이할 일이다. 더할 바 없이 소중한 분이 곧 어진 사람이다. 어진 사람은 다른 사람을 이용하지 않는다. 어진 이는 어떠한 경우라도 서로 어울려 함께하기를 바란다. 그래서 군자화이부동(君子和而不同)이라 했다. 즉 군자는[君子] 서로 어울리되[和] 패거리를 짓지 않는다[不同]. 하지만 소인[小人]은 패거리를 지어[同] 패싸움을 벌인다. 패거리는 한패끼리만 친할 뿐 다른 패거리는 원수[仇]로 대한다. 좋은 일을 하는 패거리는 별로 없다. 패거리끼리 친해서 제 패거리만 좋으면 그만이라는 무리보다 더 무서운 땅벌은 없다. 어진 사람은 꿀샘이 깊은 꽃과 같다.

雖 비록 수　有 있을 유　周 두루 주　親 친할 친　不 아니 불　如 같을 여
仁 어질 인　人 사람 인　　　　　　　《서경》〈4편 주서(周書) 2장〉

天視自我民視 天聽自我民聽
천 시 자 아 민 시 천 청 자 아 민 청

하늘은 우리 백성이 보는 것을 통해 보고
우리 백성이 듣는 것을 통해 듣는다

　성군은 천시(天視)와 천청(天聽)을 믿지만 폭군은 천시(天視)와 천청(天聽)을 비웃는다. 백성이 바라보는 것이 곧 하늘이 바라보는 것이요, 백성이 듣는 것이 곧 하늘이 듣는 것이다. 이는 민심(民心)을 잘 읽고 세상을 다스리라 함이다. 임금이든 대통령이든 제멋대로 해서는 백성에게 철퇴(鐵槌)를 당하고 만다. 백성이 바라는 바가 무엇인지를 찾아 그 바라는 대로 길을 터 주면 백성은 온순한 양떼가 되지만, 뜻하지 않는 바를 고집하며 오기(傲氣)로 세상일을 끌어가면 백성은 맹호(猛虎)보다 더 사납게 요동친다. 백성의 성난 물길을 막을 수 있는 것은 아무것도 없다. 백성이 분노하면 권력을 감싸던 법도 휴지 쪽처럼 구겨지고 버려진다. 어디 대통령만 그렇겠는가. 한 개인도 상식에 어긋나면 사람들의 손가락질을 받는 법이다. 세상 사람들은 어긋난 짓을 하면 찡그리고, 좋은 일을 하면 함박 웃는다. 민심이 보고 들은 대로 세상을 주목하면 몰매를 맞을 리가 없다.

天 하늘 천　視 볼 시　自 ~로부터 자　我 우리 아　民 백성 민　聽 들을 청
《서경》〈4편 주서(周書) 2장〉

百 姓 有 過　在 予 一 人
백　　성　　유　　과　　재　　여　　일　　인

백성에게 허물이 있다면 나 한 사람 탓이다

　물탄개(勿憚改)라는 말이 있다. '서슴없이〔勿憚〕 고친다〔改〕'
라는 뜻이다. 무엇을 고친다는 말인가? 허물을 고친다 함이
다. 군자는 허물을 드러내고 소인은 허물을 감춘다. 그래서
맹자(孟子)는 과이개지(過而改之)면 군자요, 과이순지(過而順
之)면 소인배라 했다. '허물이 있으면 드러내 놓고 고친다〔過
而改之〕. 허물이 있으면 허물을 따른다〔過而順之〕.' 허물은 잘
못한 것이다. 잘못은 누구나 할 수 있다. 잘못을 범하지 않도
록 가르쳐 나아가게 하는 것이 곧 치세(治世)다. 치세를 맡은
자를 일러 치자(治者)라 한다. 내가 치자의 위치에 있으니 국
민이 범한 허물이 곧 자기 책임이라고 말하는 무 왕(武王)을
보라. 백성을 잘 지도하지 못해서 백성이 허물을 짓게 되었
으니 백성의 잘못이 아니라 자신의 잘못이라고 선언하는 무
왕을 보라. 이 땅의 치자들이여, 참으로 부끄럽지 않은가. 책
임을 회피하려고 잔재주나 부리는 치자들이여, 어찌 손바닥
하나로 하늘을 가릴 수 있겠는가.

　百 많을 백　姓 성씨 성　有 있을 유　過 허물 과　在 있을 재　予 나 여
一 한 일　人 사람 인　　　　　　　　　　　《서경》〈4편 주서(周書) 2장〉

罔 或 無 畏　寧 執 非 敵
망　혹　무　외　영　집　비　적

모두 두려울 것이 없다 말고
차라리 맞수가 아니라고 다짐하라

　갈 길을 확신하고 있는 선장(船長)은 밀려오는 파고(波高)를 두려워는 하되 타고 넘어갈 수 있다는 마음을 굳게 다진다. 파고를 적수로 생각하지 않고 헤치고 나아갈 수 있는 난관(難關)으로 존경할 뿐이다. 두려움(畏)이란 존경하는 마음이다. 그러므로 무도(無道)는 두려울 것이 못된다. 무도는 쳐내야지 묵인해서는 안 된다. 천자(天子)의 자리에 있어도 무도한 폭군이라면 두려워할 것이 못된다. 임금이 백성의 두려움을 사려면 성군이 되어야 한다. 폭군은 도려내야 할 혹에 불과하므로 맞수(敵)가 될 수 없음을 다짐하라 함은 사정없이 폭군을 쳐내자는 선언이다. 폭군과 독재자는 늘 무시무시한 형틀을 만들어 놓고 순진한 백성을 겁주고 권력을 노략질한다. 그러나 백성은 독재자를 겁낼 뿐 두려워하지 않는다. 두려움은 존경(尊敬)에서 나오는 까닭이다. 권부(權府)의 발치에 빌붙어 권력의 부스러기를 주워 먹는 간신(奸臣)들만이 독재자를 두려워할 뿐이다.

罔 아니할 망　或 아무개 혹　無 없을 무　畏 두려워할 외　寧 차라리 영
執 잡을 집　非 아닐 비　敵 맞설 적　　　　　《서경》〈4편 주서(周書) 2장〉

狎侮五常
압　모　오　상

오륜을 업신여겨 깔본다

　　오상(五常)은 오륜(五倫)을 말한다. 친(親)·의(義)·별
(別)·서(序)·신(信)을 일러 오상(五常)이라 한다. 오상의 상
(常)은 언제 어디서든 인간이 지켜야 할 변치 않는 이치를 뜻
한다. 부모와 자식 사이의 사랑〔親〕, 상사와 부하 사이의 올
바름〔義〕, 남편과 아내 사이의 얽음〔別〕, 어른과 아이 사이의
차례〔序〕, 벗과 벗 사이의 맺음〔信〕이 그것이다. 이러한 오상
을 사람들이 업신여기거나 깔보지 않아야 사람 사는 세상이
아름다운 피리 소리처럼 어울리게 된다〔人倫〕. 아름다운 세
상을 위해 인륜(人倫)을 잊지 말라는 게다. 윤(倫)은 사람들
이〔人〕 피리를 분다〔侖〕는 뜻이다. 피리는 함께 어울려 불어
야 아름답지 제멋대로 불어 대면 아름다울 수가 없다. 삶을
아름답게 하는 것이 바로 선(善)이요, 더럽게 하는 것은 악
(惡)이다. 그러니 압모오상(狎侮五常)이란 선을 버리고 악을
탐한다는 말이 된다. 지금 우리는 어떻게 사는가? 아름답게
사는가, 추하게 사는가?

狎 업신여길 압　侮 얕볼 모　五 다섯 오　常 늘 상
《서경》〈4편 주서(周書) 3장〉

荒怠弗敬
황 태 불 경

저버리고 게으르며 공경하지 않는다

맡은 일을 저버리는 것이 황(荒)이고, 맡은 일을 미루고 미루는 짓이 태(怠)이다. 물론 태(怠)에는 근심 걱정을 잊어버린다는 좋은 뜻도 있다. 그러나 여기서의 태는 나쁜 버릇을 말한다. 마땅치 못한 버르장머리를 일러 황태(荒怠)라 한다. 스스로 저버리는 인간을 두고 그렇게 말한다. 맹자는 자신(自身)을 구하면 얻고 내버려두면 잃는다고 했다. 자신을 저버린 인간은 저절로 불경(不敬)을 범한다. 불(不)과 불(弗)은 같은 말이다. 불경(弗敬)이란 가볍고 오두방정을 떠는 건방진 성질머리를 말한다. 호랑이 무서운 줄 모르는 하룻강아지 같은 인간을 두고 불경스럽다고 한다. 하룻강아지 같은 놈이라는 말보다 더한 욕은 없을 것이다. 이런 소리를 듣고 사는 인간은 참으로 못난 놈이다. 옥도 갈고 닦아야 윤이 나듯이 사람도 자신을 갈고 닦아야 거친 세상을 헤쳐 나가는 당당하고 떳떳한 길을 낼 수 있다. 그러나 황태불경(荒怠弗敬)을 범하는 인간이 갈곳은 감방밖에 없다.

荒 버릴 황 怠 게으를 태 弗 아니 불 敬 공경할 경
《서경》〈4편 주서(周書) 3장〉

151

結怨于民
결　원　우　민

백성과 원수를 맺는다

이는 독재자를 간명하게 정의한 말이다. 독재자의 끝이 왜 늘 험하고 흉한가에 대한 해답이 이 한마디로 족하다. 가장 영악한 놈이 가장 어리석다는 말이 있다. 독재자 노릇을 하는 놈이 바로 그렇다. 한 나라의 통치자만 독재자가 되는 것은 아니다. 사회에는 수없이 많은 직장이 있고, 한 직장에는 우두머리(長)가 있게 마련이다. 크든 작든 우두머리가 독재자로 군림하면 그 직장은 별볼일 없는 곳이 되고 만다. 서로 우애(友愛)를 맺어 함께 웃고 함께 울어야지 나만 웃고 너는 울어라 해서는 원망(怨望)만 쌓이고, 급기야는 원수(怨讐)를 맺고 만다. 그러면 천금(千金)을 준다 한들 한솥밥을 먹기가 어려워진다. 하물며 한 나라의 통치자가 백성을 두려워하지 않아 원수를 맺는 지경이 된다면 어떻겠는가. 그 세상은 끝장이 나고 만다. 대권(大權)을 쥐고 쥐락펴락하다가 쇠고랑을 차고 감옥으로 가는 대통령은 결국 결원우민의 천벌을 받은 것이다. 카리스마라는 것, 결코 좋지 않다.

結 맺을 결　怨 원망할 원　于 ~과 우　民 백성 민
《서경》〈4편 주서(周書) 3장〉

恭 行 天 罰
공　행　천　벌

하늘이 내린 벌을 삼가 행한다

　이는 민주주의를 간명하게 정의한 말이다. 즉 나라의 주인은 곧 백성이다 함이다. 임금은 주인일 수 없고, 대통령 또한 주인일 수 없다. 오로지 나라의 주인은 국민이다. 모든 권력은 오직 국민으로부터 나온다. 그런 국민은 권력에 대한 사심(私心)을 가장 무서워한다. 그래서 무사(無私)하게 권력을 대행할 사람을 뽑기 위해 백성들은 투표를 한다. 지금은 이렇게 투표를 통해 대행자(代行者)를 뽑지만 옛날에는 하늘을 빌려 그 대행자를 천자(天子)니 군왕(君王)이니 제후(諸侯)니 하는 이름으로 불렀다. 대행자를 뽑을 권리를 하늘이 아닌 백성이 갖기까지 백성들은 오랜 세월 많은 피를 쏟았다. 폭군을 타도하기 위해 수없이 많은 목숨이 흙으로 돌아갔다. 처절한 투쟁이었던 것이다. 오늘날의 서구 문화가 우쭐해할 수 있음은 그런 투쟁을 앞서서 도맡아 수행한 까닭이다. 그런 점에서 우리는 면목이 없다. 공행천벌을 투표 행위라고 이해해도 된다. 백성의 심판이 곧 천벌인 까닭이다.

恭 삼갈 공　行 행할 행　天 하늘 천　罰 형벌 벌
《서경》〈4편 주서(周書) 3장〉

撫我則后 虐我則讐
무 아 즉 후 학 아 즉 수

우리를 어루만지면 임금이요,
우리를 학대하면 원수다

이 말은 성군과 폭군을 간명하게 가름하고 있다. 성군은
선한 통치자를 말하고, 폭군은 악한 통치자를 말한다. 성군
같은 대통령도 있고, 폭군 같은 대통령도 있다 함이다. 무아
(撫我)와 학아(虐我)의 아(我)는 민(民)과 같은 말이다. 무민
(撫民)은 백성을 편안히 살게 하는 다스림이고, 학민(虐民)은
백성을 못살게 하는 횡포다. 그러니 무민은 곧 덕치(德治)를
일컫는다. 덕(德)이란 무엇인가? 자연지안(自然之安)이다. 만
물을 편안케 한다[自然之安]. 사람만 편안케 하는 것이 아니
라 산천(山川)에 있는 모든 것을 편안케 한다 함이 곧 큰 덕
(德)이다. 임금이란 누구이며, 또 대통령이란 누구인가? 무
슨 일이 있어도 무민(撫民)하여 덕치(德治)를 일구어야 하는
책임자다. 그 책임을 제대로 완수하지 못하면 백성이 존경하
여 두려워하는 임금이 아닌 백성이 천하게 여겨 벌해야 하는
원수가 되고 만다. 그래서 대권(大權)이란 시퍼런 칼날과 같
은 것이 아니겠는가. 우리네 마음을 편하게 하라.

撫 어루만질 무 我 우리 아 則 곧 즉 后 임금 후 虐 학대할 학 讐 원
수 수   《서경》〈4편 주서(周書) 3장〉

樹 德 務 滋
수　덕　무　자

덕을 심을 때는 잘 자라도록 힘써라

　수덕(修德)·수덕(樹德)·적덕(積德)은 다 같은 말이다. '덕을 닦아라. 덕을 심어라. 덕을 쌓아라.' 즉 삶을 잘 경영하라 함이다. 남은 못살게 해 놓고 나만 잘산들 무슨 소용이란 말인가. 사기꾼이나 도둑놈처럼 기생충 같은 인간들은 모두 덕을 해치는 무리다. 물론 그런 무리는 적은 수에 불과하고 절대 다수는 선량한 삶을 꾸려 간다. 가난한 사람이 오히려 인정(人情)이 많다는 말이 있지 않은가. 서로 사무쳐 콩 한쪽이라도 나누어 먹는 마음을 터득한 사람일수록 덕을 심기를 게을리하지 않는다. 무자(務滋)란 잘 자라 번성하도록 애써 가꾼다는 말이다. 그러니 열심히 수덕(樹德)하라 함이 곧 무자(務滋)인 셈이다. 덕손이니 약손이니 하는 말이 있다. 덕손은 덕이 있는 손이고, 약손은 약(藥)이 되는 손을 뜻한다. 나무나 곡식을 심기만 하면 좋은 열매를 맺게 하는 일손을 덕손이라 한다. 착하면서 농사를 잘 짓는 농부의 손을 덕손이라 하는 까닭을 덕무자(樹德務滋)라는 말로도 알 수 있다.

樹 심을 수　德 큰 덕　務 힘쓸 무　滋 번성할 자
《서경》〈4편 주서(周書) 3장〉

除 惡 務 本
제 악 무 본

악을 없앨 때는 그 뿌리를 도려내는 데 힘써라

사악(邪惡)한 것을 모른 척하거나 못 본 척하지 말라 함이
다. 악(惡)이란 독버섯과 같아서 포자 한 낱만 있어도 마음속
으로 들어가 고름이 된다. 그래서 고름이 살이 되더냐라고도
한다. 사악한 사람과는 끈을 맺지 말고 오히려 사정없이 도
려내 끊어 버려야 한다. 사악한 사람 옆에 있다가는 사악한
병에 옮기 쉽다. 그래서 공자께서는 세 사람만 모여도 그중
에 내 선생이 있다고 했다. 내 마음속에서 악이 붙어 나지 못
하게 하려면 악의 가지만 꺾어 낼 것이 아니라 악을 돋아나
게 하는 뿌리를 파내야 한다. 종기를 완치하기 위해서는 그
뿌리를 뽑아 내야만 피를 잡아먹은 고름을 없앨 수 있다. 마
찬가지로 악을 없애려면 그 뿌리를 찾아 사정없이 도려내야
한다. 악한(惡漢)을 용서하면 안 된다. 악한은 가차없이 처벌
하여 감옥으로 보내 스스로 악의 뿌리를 뽑을 때까지 사회와
격리해야 한다. 악을 범한 사람이 미워서가 아니라 사악한
짓을 범하는 마음가짐의 뿌리를 절단 내기 위해서다.

除 없앨 제 惡 사악할 악 務 힘쓸 무 本 뿌리 본
《서경》〈4편 주서(周書) 3장〉

牝 鷄 之 晨　惟 家 之 索
빈　계　지　신　유　가　지　삭

암탉이 아침을 알리면 집안이 망한다

　이 말을 두고 남녀평등에 어긋난다고 어깃장 놓을 것 없다. 주 왕(紂王)은 여인들의 치마폭에 쌓여 폭군 노릇만 일삼고 백성의 굶주림은 나 몰라라 했다. 그런 폭군의 비위나 맞추면서 단물을 빨아먹는 요부(妖婦)들이 어찌 마땅한 여성이겠는가. 간신의 주둥이가 지네와 같다면 요부의 입질은 독사의 이빨보다 더 무섭다. 그래서 요부가 눈초리를 치면 나라가 기운다고 했다. 나라가 기울면 폭군만 망하는 것이 아니라 온 백성이 남의 나라 종노릇을 해야 한다. 폭군 한 놈 탓에 백성이 수모를 당한다면 어느 누가 가만히 있겠는가? 아침을 알리겠다고 요기(妖氣)를 부리는 요부를 닭의 모가지를 비틀 듯이 요절내야 할 것 아닌가. 그래서 암탉이 울면 집안이 망한다는 말이 속담으로 퍼져 지금도 자주 입질에 오른다. 예나 지금이나 요부와 간신은 백성을 물어뜯는 백성의 원수(怨讐)다. 원수를 물리칠 때는 참으로 제악무본(除惡務本)해야 한다.

牝 암컷 빈　鷄 닭 계　晨 새벽을 알리는 신　家 집 가　索 다할 삭
《서경》〈4편 주서(周書) 4장〉

事 不 愆 于 六 步 七 步
사 불 건 우 육 보 칠 보

일할 때는 이랬다저랬다 하지 말라

마땅히 해야 할 일이라면 일사불란(一絲不亂)하게 하라 함
이다. 실끈이 꼬이거나 엉키면 끊어지듯이 중대한 일일수록
일단 정해졌으면 단호하고 질서정연하게 처리해야 제대로
끝낼 수 있다. 그러나 한 편은 여섯 걸음을 나아가고 다른 편
은 일곱 걸음을 나아간다면 서로 맞지 않아 흐트러지기 쉽
다. 일을 성공적으로 이루어 내려면 지제어사(止齊於事)하라.
'일을 함에 있어〔於事〕멈추어〔止〕가지런히 하라〔齊〕.' 멈추
어 일의 실마리를 찾아라. 바늘 허리에 실을 꿰어 바느질할
수는 없다. 바늘귀를 찾아 제대로 꿰어야만 한다. 사소한 바
느질도 이러할진대 중대한 일에 성급하게 굴거나 조급증을
떨어서 될 것인가. 이 말은 무 왕이 폭군과의 결전을 앞둔 병
사들에게 침착하고 단호하게 임할 것을 당부하는 훈시다. 어
찌 무 왕의 군사들에게만 필요한 말씀이겠는가. 본래 삶이란
일함이 아니던가. 살아가는 일보다 더 중한 일은 없다. 그래
서 살림살이를 어긋나게 해 실마리를 잃지 말라는 게다.

事 일할 사 不 아니 불 愆 어길 건 于 어조사 우 六 여섯 육 步 걸음
보 七 일곱 칠   《서경》〈4편 주서(周書) 4장〉

無作神羞
무 작 신 수

신이 부끄러워할 짓을 범하지 말라

하늘을 우러러 땅을 굽어 한 점 부끄럼 없이 살라 함이다. 무작(無作)은 범하지 말라 함이요, 신수(神羞)는 신(神)이 부끄러워하는 짓으로, 여기서는 신(神)을 하늘로 새겨도 되고 조상(祖上)의 혼으로 여겨도 되며 귀신(鬼神), 즉 천지(天地)로 여겨도 무방하다. 결국 신수(神羞)는 백성의 손가락질을 받는 짓을 말한다. 높은 사람의 눈치가 아닌 백성의 눈치를 살펴 정사(政事)를 펼친다면 신수를 겁낼 것이 없다. 늘 백성의 편에 서서 백성이 간지러워하는 곳을 긁어 주며 편히 살게 해 준다면 왜 백성이 치자를 향해 손가락질하겠는가. 물론 치자에게만 신수가 무서운 것은 아니다. 우리도 신수를 범하면 마음 편히 살 수 없다. 때린 놈은 옹그리고 자지만 맞은 놈은 발뻗고 잔다는 말이 있지 않은가. 남에게 모질게 구는 놈치고 흉하지 않는 놈이 없다. 들키지 않았다고 편하겠는가. 못된 놈일수록 늘 악몽에 시달리며 밤잠을 설치는 법이다.

無 하지 말 무 作 지을 작 神 혼 신 羞 부끄러워할 수
《서경》〈4편 주서(周書) 5장〉

俟天休命
사 천 휴 명

지시를 멈추고 하늘의 뜻을 기다린다

《주역》의 〈십익(十翼)〉〈대유괘(大有卦)〉상사(象辭)에 보면 이런 말이 나온다. '화재천상(火在天上)이 대유(大有)니 군자이(君子以)하여 알악양선(遏惡揚善)하여 순천휴명(順天休命)한다.' 불이〔火〕하늘에〔天上〕있음이〔在〕대유괘이다〔大有〕. 군자는〔君子〕대유괘를 써서〔以〕악을〔惡〕막고〔遏〕선을〔善〕드러내〔揚〕하늘의 아름다운 명령을〔天休命〕따른다〔順〕. 즉 결과나 뒤를 보고 일하지 않는다 함이다. 선한 일이면 하늘의 뜻〔天命〕으로 여기고 정성을 다할 뿐이며, 악한 일이면 하늘이 내린 목숨을 걸고 막으려 함이 사천휴명(俟天休命)이다. 뒤를 바라고 굽실거리는 놈은 언제든 표변해 달려들기를 마다하지 않는다. 그래서 소인은 결과를 노리고 일하지만 대인은 그런 짓을 하지 않는다. 선한 일이면 온 정성을 다해 전력을 쏟고, 성패(成敗)는 하늘에 맡기는 마음가짐으로 사는 사람은 아무리 다급해도 여유를 간직한다. 미래는 앞날을 느긋하게 바라볼수록 밝고, 아등바등 노릴수록 암담하다.

俟 기다릴 사 天 하늘 천 休 아름다울 휴 命 시킬 명

《서경》〈4편 주서(周書) 5장〉

崇德報功
숭 덕 보 공

덕을 높이고 한 일을 보답 받는다

'덕을 높이는가? 그렇다면 천하가 절로 다스려진다.' 그러나 요새 사람들은 이런 말을 믿지 않으려 든다. 오히려 운이 좋아서 일이 잘됐다고 하면 그 운을 부러워한다. 운을 바라고 무슨 짓을 하는 것은 요행(僥倖)을 바라는 것일 뿐이다. 요행이란 소의 뒷발로 쥐를 잡는 것과 같아서 참으로 바랄 것이 못된다. 일이 잘되는 것은 정성껏 일한 덕에 잘 마무리된 것뿐이다. 그러나 소인은 정성껏 일하기보다 요행을 바라고 공치사하는 데 급급하다. 공치사야말로 박덕(薄德)한 심술이 짓는 잔꾀다. 그런 잔꾀는 사람을 뻔뻔스럽게 한다. 뻔뻔한 사람은 덕을 얕보다 결국 수모를 당하고 만다. 덕을 높이는 사람은 아무리 사소한 일을 해도 남들이 고마워한다. 모두를 편안케 하는 것이 바로 덕이다. 숭덕(崇德)을 알려면 나무에 꽃이 피고 열매가 맺히는 까닭을 헤아리면 된다. 보공(報功)과 보은(報恩)은 늘 이웃이다. 은혜(恩惠)란 곧 베풀어진 덕이니 덕을 높이면 늘 보답을 받게 마련이다.

崇 높일 숭 德 큰 덕 報 갚을 보 功 일 공

《서경》〈4편 주서(周書) 5장〉

161

五行
오 행

오행은 수 · 화 · 목 · 금 · 토이다

오행(五行)은 수(水) · 화(火) · 목(木) · 금(金) · 토(土)를 말
한다. 오행은 사람의 것이 아닌 하늘의 것이다. 그러나 오행
에 관한 이런 생각을 지금은 과학(科學)이 아니라는 딱지를
붙여 낡았다고 팽개쳐 버린다. 이제는 수 · 화 · 목 · 금 · 토
를 오행이라 하지 않고 물질의 덩어리에 불과하다고 여긴다.
그러면서 사람의 소유물이지 하늘의 것이 아니라고 장담한
다. 그러나 천지의 기운(氣運)을 오행을 통해 간명하게 헤아
리는 지혜를 저버린 탓에 지금 우리는 목숨을 소중히 하는
마음을 잃어버렸다. 물질의 원소와 분자를 따져 써먹을 데만
찾는 과학적 눈초리로는 오행을 천지의 기운으로 터득하기
어렵다. 수 · 화 · 목 · 금 · 토를 오행이라고 할 때는 물질의
기운이 아닌 만물로 하여금 저마다 누리게 하는 목숨의 기운
을 말하는 것이다.

물[水]을 H2O라고 믿는 것과 윤하(潤下)라고 믿는 것은 서
로 생각하는 바가 다르다. 또한 불을 무엇을 태운 열이라 믿
는 것과 염상(炎上)이라고 믿는 것 역시 그 생각하는 바가 다

르다. 물[水]은 윤하(潤下)다. 적시고[潤] 내려간다[下]. 불[火]은 염상(炎上)이다. 타고[炎] 올라간다[上]. 나무[木]는 곡직(曲直)이다. 굽고[曲] 곧다[直]. 쇠[金]는 종혁(從革)이다. 따르고[從] 바뀐다[革]. 흙[土]은 가색(稼穡)이다. 심고[稼] 거둔다[穡]. 오행은 수·화·목·금·토를 이렇게 풀이한다. 이는 천지가 보여 주는 기운을 그대로 말한다. 그러나 물을 두고 H_2O라고 밝힌 것은 인간의 뜻대로 물을 쪼개 물이 아닌 것으로 바꿔 놓은 것이다. 이처럼 오행은 천지가 하는 대로 따라 감이다. 그러나 과학에는 인간의 뜻만 있지 목숨을 누리게 하는 천지(天地)는 없다. 그래서 과학은 오행에서 오미(五味)를 읽어 내는 깊은 뜻을 유치하다면서 비웃는다.

 물은 적시고 내려가며 작함(作鹹)한다. 짠맛[鹹]을 만들어 낸다[作]. 불은 태우고 올라가며 작고(作苦)한다. 쓴맛[苦]을 만들어 낸다. 나무는 굽고 곧으며 작산(作酸)한다. 신맛[酸]을 만들어 낸다. 쇠는 종혁하며 작신(作辛)한다. 매운맛[辛]을 만들어 낸다. 흙은 심고 거두며 작감(作甘)한다. 단맛[甘]을 만들어 낸다. 왜 오행에 오미를 새겨 내는 것인가? 이렇게 수·화·목·금·토를 맛보는 것[味]으로 해석함으로써 목숨을 누리게 하는 기운을 느낄 수 있는 까닭이다. 어떤 목숨이든 먹어야 목숨을 누린다. 어느 먹거리든 오행 아닌 것이 없다. 그러니 오행을 오미로 새겨 냄은 물질을 분석하는 마음이 아니라 목숨을 누리게 하는 천지의 덕을 공경하는 마음이다. 물질은 사람을 오만하게 하지만 목숨은 사람을 경건하게 한다. 그래서 목숨을 소중히 여기는 마음은 천지를 두려워하지만 물질을 소중히 하는 마음은 천지를 얕보고 비웃는다.

五 다섯 오 行 오행 행

《서경》〈4편 주서(周書) 6장〉

敬 用 五 事
경 용 오 사

오사(五事)를 공경하게 활용하라

　오사(五事)란 모(貌)·언(言)·시(視)·청(聽)·사(思)이다.
모왈공(貌曰恭)은 몸가짐[貌]을 공손히 하라[恭], 즉 오만하
지 말라 함이다. 언왈종(言曰從)은 말[言]은 이치를 따르라
[從], 즉 거짓말하지 말라 함이다. 시왈명(視曰明)은 보기는
[視] 밝게 하라[明], 즉 어긋나게 보지 말라 함이다. 청왈총
(聽曰聰)은 듣기는[聽] 분명히 하라[聰], 즉 남의 말을 헛듣고
오해 말라 함이다. 사왈예(思曰睿)는 생각은[思] 슬기롭게 하
라[睿], 즉 이치를 벗어나 헛생각하지 말라 함이다. 공작숙
(恭作肅)은 공손함은[恭] 엄숙함[肅]을 일군다[作] 함이다. 종
작예(從作乂)는 이치를 따름[從]은 다스림[乂]을 일군다 함이
고, 명작철(明作哲)은 밝음[明]은 지혜[哲]를 일군다 함이다.
총작모(聰作謀)는 분명함[聰]은 꾀[謀]를 일군다 함이고, 예
작성(睿作聖)은 슬기[睿]가 성스러움[聖]을 일군다는 뜻이다.
오사(五事)를 공경하게 활용하면 누구나 엄숙하고[肅] 다스
리고[乂] 널리 알고[哲] 꾀하고[謀] 성스럽게[聖] 살 수 있다.

敬 공경할 경　用 쓸 용　事 일거리 사

《서경》〈4편 주서(周書) 6장〉

農 用 八 政
농 용 팔 정

팔정(八政)을 힘껏 활용하라

　팔정(八政)이란 사(食)·화(貨)·사(祀)·사공(司空)·사도
(司徒)·사구(司寇)·빈(賓)·사(師)를 일컫는다. 먹거리를
관리하는 일[食]·재화를 관리하는 일[貨]·제사를 받드는
일[祀]·땅을 관리하는 일[司空]·백성을 가르치는 일[司
徒]·범죄를 다스리는 일[司寇]·내빈을 대접하는 일[賓]·
군대를 통솔하는 일[師]이 그것이다. 정사(政事)를 바르게 하
려면 이 팔정(八政)을 잘 다스려야 한다는 것을 일러 농용팔
정(農用八政)이라 한다. 선정(善政)을 하느냐 학정(虐政)을 범
하느냐는 바로 이 팔정을 어떻게 다스리느냐에 달려 있다.
팔정을 백성을 위해 운용하면 정사를 잘 행하는 것[善政]이
고, 한 패거리만 좋도록 팔정을 독점하면 정사를 모질게 행
하는 것[虐政]이다. 폭군이나 독재자는 바로 이 팔정을 제 패
거리 중심으로 유린하는 몹쓸 인간이다. 백성은 이런 몹쓸
인간들을 저주하고 천벌을 내리라고 하늘에 빈다.

農 힘쓸 농　用 쓸 용　八 여덟 팔　政 정사 정
《서경》〈4편 주서(周書) 6장〉

協用五紀
협 용 오 기

다섯 가지 기율(紀律)을 어울리게 활용하라

　　오기(五紀)란 인간이 활용할 수 있는 시간의 줄기[紀]로, 해[歲]·달[月]·날[日]·28숙(宿) 12신[星辰]·역법(曆法)의 계산 등 다섯 가지 기율(紀律)을 말한다. 온갖 목숨은 일월(日月)과 성신(星辰)의 움직임을 무시하고는 삶을 누릴 수 없다. 더우면 더운 대로 추우면 추운 대로 산다는 것은 결국 천체(天體)의 움직임에 따른다 함이다. 철없는 자식에게 부모는 제발 철이 들라고 독촉한다. 철 들라는 말은 곧 오기(五紀)를 무시하고 살지 말라 함이다. 오기를 무시하면 제때를 놓치게 마련이다. 때를 놓치면 시간의 흐름을 돌이킬 수 없다. 삶이 마주하는 시간은 단 한 번뿐이다. 오늘은 두 번 다시 오지 않는다. 즉 오기란 시간의 흐름이 지닌 뜻을 저버리지 말라 함이요, 오늘을 낭비하지 말라 함이다. 오늘 못하면 내일 하겠다며 게으름 피우지 말라. 한 개인도 이럴진대 하물며 나라 살림이야 두말할 것도 없다. 백성이 바라는 바를 제때에 행하는가? 그러면 나라가 오기를 잘 지키는 것이다.

協 도울 협　用 쓸 용　五 다섯 오　紀 벼리 기
《서경》〈4편 주서(周書) 6장〉

建 用 皇 極
건　용　황　극

임금의 한가운데[大中]를 세워 활용하라

'황건기유극(皇建其有極).' 임금은[皇] 그 자신이[其] 지닐
[有] 한가운데를[極] 건설한다[建]는 말이다. 요새는 임금[皇]
이라는 말 대신 대통령(大統領)을 집어넣어도 된다. 임금이든
대통령이든 백성을 편안케 하려고 있는 제도(制度)이니 말이
다. 황극(皇極)의 극(極)은 극단(極端)이 아니라 대중(大中)이
라는 말이다. 그러나 한가운데[大中]를 마련하지 않고 어느
한 편으로 기울어진다면 대중이 곧 극단으로 변하고 만다.
그러면 명암(明暗)이 드러나 양지 쪽 백성이 생기고 음지 쪽
백성이 생겨 나라가 혼란스럽게 쪼개지고 만다. 이처럼 황극
의 극이 대중을 잃으면 나라가 기울어진다. 그래서 대권(大
權)은 대중(大中)이어야 한다는 것이다. 한가운데[大中]를 공
내왕(公乃王)이라고도 한다. 왕(王)은 공(公)이지 사(私)가 아
니라는 말이다. 그러니 대중(大中)의 극(極)은 공(公)이고, 극
단(極端)의 극(極)은 사(私)인 셈이다. 임금이나 대통령에게
사(私)가 있으면 편을 가르게 되어 나라가 시끄러워진다.

建 세울 건　用 쓸 용　皇 임금 황　極 한가운데 극
《서경》〈4편 주서(周書) 6장〉

乂 用 三 德
예 용 삼 덕

정직(正直)·강극(剛克)·유극(柔克)의
세 가지 덕을 다스려 활용하라

'정직(正直)하라.' 이는 마음가짐을 바르고〔正〕 곧게〔直〕 하
라 함이다. 정직은 곧 덕의 둥지라고 여기면 된다. '강극(剛
克)하라.' 이는 굳셈으로〔剛〕 이겨내라〔克〕 함이다. 내가 나를
이겨내는 덕이다. 극기(克己)하라는 말과도 통한다. '유극(柔
克)하라' 이는 부드러움으로〔柔〕 이겨내라〔克〕 함이다. 내가
남을 이겨내는 덕이기도 하다. 남을 우격다짐으로 이기려 하
는 인간은 못난 놈이다. 유가(儒家)에서 말하는 수기이치인
(修己而治人)이란 곧 강극이유극(剛克而柔克)과 같은 셈이다.
왜 군자는 신독(愼獨)하는가? 홀로 있을 때일수록〔獨〕 삼간
다〔愼〕. 자신에게는 엄격하고 남에게는 부드럽다는 뜻으로
신독을 새기면 그 까닭을 알 수 있으리라. 소인은 결코 신독
하지 않는다. 자신에게는 부드럽고 남에게는 강한 성질머리
가 소인의 것이다. 그래서 소인은 늘 부덕(不德)해 날마다 사
는 일이 살얼음판 같다. 삼덕(三德)을 잃은 탓이다.

乂 다스릴 예 用 쓸 용 三 석 삼 德 큰 덕

《서경》〈4편 주서(周書) 6장〉

明 用 稽 疑
명 용 계 의

의심나는 것은 물어 밝게 활용하라

'계의(稽疑)하라.' 이는 요샛말로 여론 조사(輿論調査)를 하라는 말과 같다. '의심나는 것[疑]은 덮어두지 말고 물어보라[稽].' 물어보고 난 뒤에 의심났던 것을 밝게[明] 활용하라[用]. 이는 앞일을 독단(獨斷)하지 말라 함이다. 지금은 중론(衆論)을 얻고자 할 때 여론 조사를 하지만 옛날에는 택건립복서인(擇建立卜筮人)으로 계의를 했다. 거북점을 치는 사람[卜人]과 시초(蓍草)점을 치는 사람[筮人]을 골라[擇] 세운 다음[建立] 복인(卜人)과 서인(筮人)에게 점을 치게 하여 의심나는 일을 풀었다. 그때는 주로 일기예보를 계의했다. 비가 올까[雨], 비나 눈이 갤까[霽], 안개가 낄까[蒙], 날이 밝을까[驛], 날이 맑다가 흐릴까[克] 등과 정괘(貞卦)니 회괘(悔卦)니 등을 물었다. 요즘도 일기예보에는 누구나 관심을 갖는다. 64괘(卦)를 갖고 역점(易占)을 치는데, 위의 괘[外卦]를 회(悔)라 하고 아래의 괘[內卦]를 정(貞)이라 한다.

정(貞)과 회(悔)를 갖고 앞일을 내다보라 함이 계의하려는 마음가짐이다. 8개인 소성괘(小成卦)를 거듭해서(2개) 대성괘(大成卦) 64괘를 만들어 삼라만상(森羅萬象)과 복잡한 인간사

(人間事)를 내다보고자 했다. 모든 것이 딱 정해져 있다면 앞일을 내다볼 필요가 없을 것이다. 그러나 어느 것 하나 성쇠(盛衰)를 벗어날 수 없으니 늘 변화하는 흐름을 탈 뿐이다. 늘 변화하는 기운을 일러 음양(陰陽)이라 하고, 이런 음양의 작용을 일러 역(易)이라 한다. 역(易)은 생생(生生)이라는 말이고, 생생은 끊임없는 변화를 의미한다. 삼라만상과 인간사는 늘 변화하므로 앞을 내다보자면 계의할 수밖에 없다. 앞을 내다보려는 마음가짐을 일러 정회(貞悔)라고 하는 것이다. 마음가짐을 곧게 하라〔貞〕하고 뉘우치게 하라〔悔〕함이 계의할 때 갖는 마음가짐이다. 그러니 욕심사나운 요행을 바라고 앞일을 내다보지 말라.

 일곱 가지〔雨・霽・蒙・驛・克・貞・悔〕가운데 다섯 가지는 복인(卜人)으로 하여금 점치게 하고, 두 가지〔貞悔〕는 서인(筮人)에게 점치게 하되, 각각 세 사람씩 점을 쳐 두 사람의 말을 따르게 한다. 단, 점쟁이 말만 듣고 앞일을 내다보려고 하지 않는 데 계의의 깊은 뜻이 있다. 앞일을 점치되 먼저 내 마음에 물어보고, 다른 사람에게 물어보고 나서 나와 다른 사람 모두 함께 따르고 앞일을 의심할 것이 없이 바라보라 함이 곧 계의에서 나오는 대동(大同)이다. 변화에 임하려면 모두 한마음〔大同〕이 되어야 한다. 이런 한마음을 이끌어내기 위해 계의한다는 것이다. 그러므로 계의는 못 미더워 의심하는 것이 아니다. 불신(不信) 때문에 계의하는 것이 아니라 확신(確信)하기 위해 계의하는 것이다. 그러나 계의하라 함은 무슨 일이 있어도 독단하지 말라는 말과 같다. 변화무쌍한 곳에서는 독불장군 같은 사람이 없을수록 좋다. 나 아니면 안 된다는 옹고집 때문에 여러 사람이 고생하는 것은 계의하지 않아서다.

明 밝을 명 用 쓸 용 稽 물어볼 계 疑 의심날 의

《서경》〈4편 주서(周書) 6장〉

念 用 庶 徵
염 용 서 징

서징[雨·暘·燠·寒·風·時]을
생각해 활용하라

철 따라 변화무쌍한 날씨를 두고 서징(庶徵)이라 한다. 물론 자연 현상을 일컬어 서징이라고 한다. 우(雨)·역(暘)·욱(燠)·한(寒)·풍(風)·시(時)의 다섯 가지가 갖추어지고 질서대로 이루어지면 초목이 무성하지만 여기서 한 가지만 치우쳐도 흉(凶)하고, 한 가지만 없어져도 흉(凶)함을 잊지 말라 함이 곧 서징(庶徵)이다. 요샛말로 한다면 환경을 파괴하지 말라는 말이다. 늘 천지를 두려워하면서 감사하는 마음으로 살라는 것이 염용서징(念用庶徵)인 셈이다. 천지를 두려워할 줄 모르면 재앙(災殃)이 오는 법이다. 옛 사람들은 하늘이 노하면 재앙을 내린다고 믿었다. 그러나 요즘 사람들은 재앙을 극복할 수 있다는 듯이 큰소리친다. 수풀을 없애고 산을 폭파하고 갯벌을 묻어 버리고 공장을 지어 온갖 행패를 다 부려 놓고는 이 천지가 인간을 위해서만 있는 것인 양 오두방정 떤다. 지금 우리는 서징을 얕보며 천벌을 자초하고 있다.

念 생각할 염 用 쓸 용 庶 많을 서 徵 징험 징
《서경》〈4편 주서(周書) 6장〉

173

嚮 用 五 福
향 용 오 복

수(壽) · 부(富) · 강녕(康寧) · 유호덕(攸好德) ·
고종명(考終命)을 마음에 맞게 쓴다

오래 살고[壽] 부유하고[富] 건강하고[康寧] 좋은 덕을 닦고[攸好德] 늙어 목숨을 다하는[考終命] 것들을 일러 오복(五福)이라 한다. 삶을 행복하게 누릴 수 있는 조건을 일러 오복이라 한다. 이런 오복을 향용(嚮用)하라 한다. 여기서 향용이라는 말을 잘 새겨야 한다. 향용이란 마음이 맞아 쓴다는 말이다. 수(壽)를 오래 누리고 싶은가? 그렇다면 억지로 오래 살려고 발버둥치지 말라. 부(富)를 많이 누리고 싶은가? 그렇다면 검소하게 살라. 좋은 덕을 닦고 싶은가[攸好德]? 그렇다면 자기 자신을 낮춰라. 늙어서 목숨을 다하고 싶은가[考終命]? 그렇다면 목숨을 소중히 하라. 이렇게 하면 오복을 마음에 맞게 쓸 수 있을 것[嚮用]이다. 분에 넘치는 것은 욕(慾)이다. 앉을 자리 설 자리를 바라고 앉거나 서면 인생은 그런 대로 탈 없이 일구어진다. 날마다 마주하는 삶을 만족하려고 마음먹어라. 그러면 곧 향용오복(嚮用五福)일 것이다.

嚮 향할 향 用 쓸 용 五 다섯 오 福 복 복

《서경》〈4편 주서(周書) 6장〉

威 用 六 極
위 용 육 극

흉단절(凶短折) · 질(疾) · 우(憂) · 빈(貧) ·
악(惡) · 약(弱) 등을 억눌러 써라

극(極)이란 궁(窮)함을 말한다. 극이란 꽉 막혀 헤어날 길이
없음이다. 삶을 가장 궁하게 하는 것을 일러 육극(六極)이라
한다. 흉단절(凶短折)의 흉(凶)은 횡사(橫死)를 말하고, 단절
(短折)은 요절(夭折)을 뜻한다. 생죽임을 당해 삶이 다하는 것
보다 더한 극(極)은 없다. 몸이 궁(窮)하면 병(疾)이 난다. 근
심거리(憂)는 마음의 궁이다. 가난(貧)은 삶의 궁이다. 사악함
(惡) 역시 삶의 궁이다. 나약함(懦弱)은 일을 궁하게 한다. 결
단력이 없어서 기회를 놓치는 경우를 떠올려 보라. 행운이란
어쩌면 결단력이 주는 선물일 수 있다. 악한 것이 아닌 선한
결단력 말이다. 결단력을 악하게 남용한다면 감옥에 갈 일밖
에 없다. 악(惡) 앞에 약해져 감옥에 갇히는 것은 삶을 궁하게
하는 것이다. 그래서 육극(六極)을 두려워하라 한다. 위용(威
用)이란 사용하기를 겁냄이다. 육극을 겁내라. 그러면 삶이
궁할 리 없다. 누구든 육극을 두려워하지 않겠냐만은 자기 스
스로 삶을 궁하게 하는 인간들이 많아서 문제다.

威 위압할 위 用 쓸 용 六 여섯 육 極 궁할 극

《서경》〈4편 주서(周書) 6장〉

無 虐 煢 獨
무 학 경 독

의지할 곳 없는 사람들을 학대하지 말라

마음이 큰 사람(大人)은 낮은 사람을 북돋아 높이고 높은 사람을 경계한다. 그러나 마음이 작은 사람(小人)은 낮은 사람을 얕보고 높은 사람을 받들며 비위를 맞추려고 한다. 그래서 대인은 강자에게는 단호하고 약자에게는 너그럽다. 반대로 약자를 짓밟고 강자 앞에서는 두 손을 비비는 소인의 꼴은 마치 밥 앞에서 촉수를 비비는 파리와 같다. 소인은 외로운 사람들을 업신여기는 눈초리로 힐끔거리면서 못난 것들이라고 주둥이를 놀린다. 왜 소인은 이렇듯 모진 성질머리로 저만 살면 그만이라는 고집을 부리는 걸까? 무덕(無德)해서이다. 즉 덕이 없기(無德) 때문이다. 덕이 없는 인간은 자기만 알지 남은 모른다. 자기만 소중하고 남은 헐하게 보려는 수작이 모진 성깔을 부려 연약하고 외로운 사람들을 멸시하고 냉대한다. 늙은 부모를 서럽게 하는 자식보다 더 모진 놈은 없다. 자식에게 버림받은 늙은이보다 더 외로운 사람(煢獨)은 없다. 지금은 너무나 많은 소인배가 득실거린다.

無 하지 말 무 虐 학대할 학 煢 외로울 경 獨 홀로 독
《서경》〈4편 주서(周書) 6장〉

畏 高 明
외　고　명

높고 밝음을 두려워하라

　마음이 큰 사람[大人]은 무엇을 두려워해야 하는지 안다.
큰 개는 범이 무서운 줄 알지만 하룻강아지는 그런 줄을 모
른다. 소인은 마치 그 하룻강아지처럼 세상을 얕보면서 거들
먹거리기를 마다하지 않는다. 하늘이 두려운 줄 모르는 까닭
이다. 고명(高明)하다 함은 높고[高] 밝다[明] 함이다. 높고
밝은 것을 일러 해[日]라고 한다. 빛과 볕을 고루 보내 주는
하늘의 태양을 우러러보라. 그러면 태양 없이는 어느 것 하
나도 살 수 없음을 깨달으리라. 해와 같은 사람을 일러 왕자
(王者)니 군자(君子)니 지인(至人)이니 대장부(大丈夫)니 대인
(大人)이니 하며 우러러 부른다. 이런 고명한 분들을 두려워
하라 함은 무서우므로 멀리하라는 말이 아니다. 모시는 마음
이 지극하면 두려움으로 드러난다. 두려움은 공포가 아니다.
포악한 인간을 두고는 두려워하라 하지 않는다. 포악한 인간
은 반드시 벌을 받아야 한다. 하늘을 두려워하라. 이는 헛말
이 아니다.

畏 두려워할 외　高 높을 고　明 밝을 명

《서경》〈4편 주서(周書) 6장〉

無 偏 無 陂
무 편 무 피

치우치지 말고 기울지 말라

  치우치거나 기울지 말라 함은 곧 우제용(寓諸庸)하라 함이다. 용(庸)에 삶을 깃들게 하라〔寓〕. 용(庸)이란 용(用)과도 같다. 그런데 용(用)에는 제맘대로 쓰는 용(用)이 있고, 모두를 위해 쓰는 용(用)도 있다. 제맘대로 쓰는 것은 사사로운 이용(私用)이라 하고, 모두를 위해 공평하게 쓰는 것은 공용(公用)이라 한다. 공용이란 두루 함께 쓰는 공용(共用)과 같다. 사용(私用)을 버리고 공용(公用)하려면 무엇보다 마음가짐이 치우치지 말아야 한다. 무편(無偏)하라. 이는 곧 공평(公平)하라 함이다. 사용(私用)함은 사사로운 마음〔私心〕 탓이다. 이런 고약한 사심을 마음속에서 씻어 내리려면 마음이 어느 한쪽으로 기울지 말아야 한다. 그래서 무피(無陂)하라 한다. 손이 안으로 굽는다고 말하지 말라는 것이다. 그러다 보면 사심(邪心)이 자리를 틀어 인간을 외곬으로 몰아간다. 자기만 아는 고집스러운 인간을 두고 편피(偏陂)를 밥먹듯이 하는 놈이라고 욕한다. 그런 욕을 먹지 말지어다.

無 하지 말 무 偏 치우칠 편 陂 기울 피

《서경》〈4편 주서(周書) 6장〉

無 有 作 好
무 유 작 호

자 기 혼 자 만 좋 아 하 는 짓 거 리 를 없 애 라

　세상은 내 것이 아니다. 세상은 모든 사람과 만물이 더불어 함께하는 곳이다. 그런 곳에서 어찌 나 하나만 챙기면서 내가 좋으면 무슨 일이든 하겠다고 덤빈다는 말인가. 세상 물정 모르고 오두방정 떠는 놈을 일러 수레 앞에 떡 버티고 서 있는 사마귀에 비유한다. 그래서 앉을 자리를 본 뒤에 앉고, 설 자리를 본 뒤에 서라는 것이다. 내 멋에 산다면서 거들먹거리는 인간일수록 세파를 순조롭게 헤쳐 나갈 줄 모른다. 마구잡이로 거칠게 헤쳐 나가려다 낚싯밥에 걸려든 물고기 꼴이 된 놈들이 얼마나 많은가. 세상은 나 잘난 맛에 내 멋대로 산다는 인간을 결코 용서하지 않는다. 살아가는 길을 넓고 편하게 하고 싶은가? 그렇다면 작호(作好)하지 말라. 카지노를 출입하다 패가망신한 인간들을 여럿 보았을 것이다. 그런 인간들이 바로 작호의 제물이 된 꼬락서니다. 아편을 피워야만 아편쟁이가 되는 것은 아니다. 작호에 빠진 인간은 제 마음이 곧 아편이다. 그러니 작호가 아편보다 더 무섭다.

有 취할 유　作 지을 작　好 좋아할 호

《서경》〈4편 주서(周書) 6장〉

無 有 作 惡
무 유 작 오

자기 혼자만 싫어하는 짓거리를 없애라

유별난 인간들이 많다. 이른바 결벽증(潔癖症)에 걸려든 얼간이들이 생각보다 훨씬 많다. 자기를 제외하곤 모두가 그렇고 그렇다는 듯이 힐끗거리는 인간들은 제가 싫어하는 것이 온 천하에 통하는 헌법인 양 착각하기도 한다. 이런 인간들 탓에 세상이 꼬이는 경우가 허다하다. 하기야 아이스크림만 해도 수십 종류가 나오는 세상이니 그야말로 먹거리에서도 작오(作惡)가 기승을 부린다. 이것은 나한테 좋고 저것은 나한테 나쁘다고 해서 모든 사람들이 다 그런 것은 아니지 않은가. 세상 사람들이 모두 단것만 좋아한다고 착각할 것 없다. 신맛도 좋아하고 쓴맛도 좋아하고 매운맛도 좋아한다면 먹거리를 훨씬 더 많이 즐길 수 있는 일이 아닌가. 왜 인생을 요리와 같다고 하겠는가? 제 입맛대로 세상을 저울질해 난도질하려는 인간은 어딜 가도 따돌림을 당하기 쉽다. 공연히 곧은 길을 굽은 길로 둔갑시키지 말 일이다. 작오(作惡) 역시 작호(作好)처럼 몹쓸 버릇이다.

有 취할 유 作 지을 작 惡 싫어할 오

《서경》〈4편 주서(周書) 6장〉

無偏無黨
무 편 무 당

치우치지 말고 패거리 짓지 말라

　'군자는〔君子〕 서로 어울리되〔和〕 패거리를 짓지 않고〔不同〕, 소인은〔小人〕 패거리를 짓되〔同〕 어울리지 못한다〔不和〕.' 공자께서는 대인과 소인이 어떻게 다른가를 이렇게 말씀해 놓았다. 이해(利害)에 따라 치우치고 편을 갈라 아웅다웅하지 말라 함이 바로 무편무당(無偏無黨)이다. 민주 정치(民主政治)를 일컬어 정당 정치(政黨政治)라고 하지만 따지고 보면 시민에게는 빛 좋은 개살구와 같을 때가 너무나 많다는 생각이 앞선다. 왜 정당은 백성들에게 그런 서글픔을 안겨 주는 것일까? 정치한다는 사람들이 대인의 마음가짐보다 소인의 마음가짐에 더 얽매여 있는 까닭이다. 대인이 세상을 다스리면 치세(治世)는 절로 이루어지지만 소인이 세상을 다스리면 난세(亂世)를 불러온다는 것은 예나 지금이나 다를 것이 없다. 무편무당(無偏無黨)은 편모와 패를 지어 제 몫을 챙기려고 싸우지 말고 백성이 간지러워하는 곳을 찾아내 시원하게 긁어 주라 함이다. 바로 대인으로써 정치하라는 말씀이다.

　無 하지 말 무　偏 치우칠 편　黨 패거리 당

《서경》〈4편 주서(周書) 6장〉

無 反 無 側
무　　반　　무　　측

거꾸로 거스르지 말고 한쪽 편만 들지 말라

　올바른 줄 알면서 내 편이 아니기 때문에 편들어 줄 수 없다고 하는 마음도 틀렸고, 옳지 않지만 내 편이니까 편들어 주어야 한다는 마음도 틀렸다. 사(私)로 빠지면 언제든 탈이 나는 법이다. 그래서 옳은 것은 무조건 따르고 그른 것은 무조건 떨쳐야만 사는 일이 제 길을 잡아 물길처럼 유유히 나아갈 수 있다. 사(私)는 욕(欲)으로 통하게 되어 있어서 불의(不義)와 짝하기 쉽다. 그러나 공(公)은 나도 아니고 너도 아닌 우리 모두를 생각하기 때문에 늘 의(義)의 편에 서게 마련이다. 불안해 발을 옹그리고 악몽으로 밤잠을 설치는 것은 사사(私事)에 빠져 공사(公事)를 저버린 탓에 받는 벌이다. 재판정에서만 벌을 주는 것은 아니다. 의를 저버리면 자책하게 마련이다. 자책할 줄 모르는 인간은 참으로 못된 놈이다. 남들에게 못된 놈이라는 욕을 먹지 않으려면 무반무측(無反無側)이라는 말씀을 가슴에 담아 두고 살면 된다. 두 발 뻗고 편안히 잠을 자려면 옳은 것을 거스르지 말라〔無反〕.

　無 하지 말 무　反 거역할 반　側 기울어질 측
《서경》〈4편 주서(周書) 6장〉

王 道 正 直
왕 도 정 직

왕도는 바르고 곧다

왕도(王道)란 왕자(王者)가 걸어가야 할 길을 말한다. 왕자(王者)란 임금 노릇을 할 수 있는〔王〕 사람〔者〕이라는 말로 들으면 된다. 왕자(王子)는 임금의 아들일 뿐 왕자(王者)라는 보증은 없다. 성군이 흔치 않다는 것을 보면 알 수 있는 일이다. 오히려 왕위에 있으면서 폭군 노릇을 범하거나 간신들에 둘러 쌓여 호화로운 궁궐에서 호사를 다하면서 백성의 등골을 휘게 하는 군왕들이 얼마나 많았는가. 왕도란 임금이 걷는 길만이 아니다. 대통령도 걸어야 할 길이요, 장관도 걸어야 할 길이다. 백성의 세금을 받아서 사는 사람이라면 말단 관리라도 왕도를 벗어나서는 안 된다. 부패한 관료 사회란 곧 왕도를 저버린 패거리를 말한다. 다달이 백성의 세금을 받는 사람들은 무엇보다 정직해야 한다. 정직(正直)이란 정기(正己)하고 직기(直己)하라 함이다. 나를 바르게 하고〔正〕 나를 곧게 하라〔直〕. 그러면 하늘이 돌봐 준다.

王 임금 왕 道 길 도 正 바를 정 直 곧을 직

《서경》〈4편 주서(周書) 6장〉

平康正直
평 강 정 직

바르고 곧게 살라

　"잘살고 싶은가? 그렇다면 삼덕(三德)을 벗삼아라." 옛 어른들은 젊은이들을 향해 늘 이런 말을 되뇌어 주곤 했다. 삼덕(三德)의 첫 번째가 정직(正直)하라는 것이다. 정직(正直)의 정(正)을 정기(正己)로 받들어 지키고, 직(直)을 직기(直己)로 받들어 지키면 인생은 늘 뜻한 대로 열린다고 했다. 자신에게 주어진 삶을 망쳐 놓고 땅을 치면서 원통해하는 놈은 삼덕의 으뜸을 어기고 왕기(枉己)한 탓에 벌을 받는 것이라고 한다. 제 뜻대로 되지 않는다고 세상을 탓하는 자는 자기를 〔己〕 굽혀 놓고〔枉〕 남을 탓하는 것에 불과하다. 행복 중에 행복을 평강(平康)이라 한다. 평안(平安)하고 강녕(康寧)한 삶이 가장 행복하다는 말이다. 그 평강을 다른 말로 표현하면 정직이 된다. 왜 바르게 사는가? 내 마음이 편안하고자 그렇게 한다. 왜 곧게 사는가? 이 또한 내 인생을 건강하게 누리고 싶어서이다. 정직하라. 평강하라. 이는 행복하게 사는 비법(秘法)을 말한다.

平 평할 평　康 편안할 강　正 바를 정　直 곧을 직

《서경》〈4편 주서(周書) 6장〉

剛克
강 극

굳셈으로써 이겨내라

    삼덕(三德)의 두 번째는 강극(剛克)하라는 것이다. 강극(剛克)을 강기(剛己)하고 극기(克己)하라는 말씀으로 들어도 된다. '나를 굳세게 하라(剛己). 그리고 나를 이겨내라(克己).' 무엇 앞에 강기하고 극기하라 함인가? 강불우(彊弗友)는 강극하라는 뜻이다. 강하게만 나오고(彊) 따르지 않는다면(弗友) 강인한 마음가짐으로(彊) 따르지 않음을(弗友) 따르게 한다(友) 함이 강극이다. 내가 하는 일이 나만 좋게 하는 일(私事)이 아니라 모두가 좋게 하는 일(公事)이라면 굳센 마음으로 외면하고, 따르지 않으려는 것이면 물리치라 함이 강극이다. 이는 결국 불의 앞에 굴하지 말고 군세고 용감하게 맞서라 함이다. 결국 강극이란 나 자신을 강력하게 하는 경우를 두고 한 말씀이다. 극기한다고 하면 나 자신을 군세게 이겨낼 것인가 부드럽게 이겨낼 것인가? 불의 앞에서는 나를 굳세게 이겨내라 함이 강극이다.

剛 굳셀 강 克 이겨낼 극

《서경》〈4편 주서(周書) 6장〉

柔克
유 극

부드러움으로써 이겨내라

삼덕(三德)의 세 번째는 유극(柔克)하라는 것이다. 유극(柔克)을 유기(柔己)하여 극기(克己)라는 말씀으로 들어도 된다. 강해서 오히려 부러지는 무쇠처럼 되고 싶지 않다면 유극하라. 담벼락은 강풍에 넘어지지만 연약한 수양버들 가지는 끄떡 없다. 바람 앞의 수양버들처럼 따르면 강풍을 이겨내고, 온전한 가지를 누릴 수 있다. 그래서 섭우(爕友)하거든 유극(柔克)하라 한다. 섭우(爕友)란 친우(親友)라는 말이다. 화합할 섭(爕)은 친할 친(親)이요, 어울릴 화(和)이다. 옳음[義]을 따른다면 어찌 서로 친하여 따르지 않을 것인가. 그럴 때는 부드러움으로써[柔] 이겨낸다[克]. 유극이란 물을 떠올리면 된다. 불은 무서워도 끌 수 있지만 물은 부드럽되 성이 나면 이겨낼 재간이 없다. 그래서 유극하는 마음이 강극하는 마음을 이긴다고 한다. 노자 역시 유약승강강(柔弱勝强剛)이라는 말로 부드럽고 약한 것이[柔弱] 강한 것을[强剛] 이긴다[勝]고 했다.

柔 부드러울 유 克 이겨낼 극

《서경》〈4편 주서(周書) 6장〉

玩 人 喪 德
완 인 상 덕

사람을 놀리면 덕을 잃어버린다

 덕(德)을 일러 성지단(性之端)이라 한다. 소중한 목숨[性]의 실마리[端]가 바로 덕이라는 말이다. 요새는 성(性)을 무조건 섹스(Sex)로 치부해 버리는데, 참으로 어처구니없는 노릇이다. 성(性)이란 목숨 그 자체를 말하고 있음을 조금이라도 안다면 성(性)을 섹스로 몰아치는 짓이 얼마나 못난 짓인지 알 수 있을 것이다. 그래서 성덕(性德)은 곧 천명(天命)이라 한다. 하늘이 바라고 하늘이 요구하고 하늘이 시키는 것[天命]을 순순히 따라함을 일러 덕이니 성이니 하는 것이다. 물완인(勿玩人)하라. 즉 사람을 희롱하지 말라[勿玩人]. 어찌 사람만 그러하랴. 목숨이라면 지렁이일지라도 희롱하지 말라 함이 천명(天命)이다. 인간은 이미 덕을 상실한 지 오래다. 실험용 동물들을 생각해 보라. 사람이 앓는 병을 고치는 약을 찾아내기 위해 우리는 날마다 수많은 실험용 쥐를 죽이고 있다. 이미 우리는 목숨을 소중히 여기는 마음가짐[德]을 잃어버렸다.

 玩 희롱할 완 喪 잃을 상 德 큰 덕

《서경》〈4편 주서(周書) 7장〉

玩 物 喪 志
완 물 상 지

물건을 희롱하면 뜻을 잃어버린다

물(物)을 일러 성자(誠者)라고 한다. 만물치고 어느 것 하나 정성을 들이지 않은 것이란 없음을 알라는 것이다. 그래서 정성을 다한 것〔誠者〕을 두고 만물의 처음이요, 끝이라고 한다. 말하자면 만물이 있고 없어짐은 하늘의 뜻이라는 말씀이다. 그러니 만물치고 소중하지 않은 것이란 없다. "길을 갈 때 조심조심 발걸음을 놓아라. 그렇지 않으면 아까운 목숨이 네 신발 밑에 짓밟혀 죽는다." 옛 어른들은 어린것들에게 이런 말씀을 자주 들려주곤 했다. "길바닥에 있는 돌멩이 하나라도 함부로 발길질하지 말라. 왜 그냥 있는 돌을 건드려 풀벌레를 놀라게 하느냐." 이러면서 삼가 조심하라고 했다. 이런 말씀을 잔소리로 듣지 말 일이다. 본래 삶의 지혜란 철학책 속에 있기보다는 할아버지나 할머니의 이야기 속에 있다고 여기면 틀림없다. 물건을 함부로 취급하고 희롱하면 물건마다 소중하지 않은 것이 없다는 뜻을 잃어버린다. 그러면 검소한 삶을 누릴 줄 몰라 늘 곤궁하게 산다.

玩 희롱할 완 物 물건 물 喪 잃을 상 志 뜻 지

《서경》〈4편 주서(周書) 7장〉

志 以 道 寧
지 이 도 령

뜻은 도로써 편안케 하라

뜻[志]이란 마음이 가는 바이다. 마음 둘 데가 없다고 푸념하는 사람은 길을 잃은 것이고, 마음 쓸 데가 없다고 투덜대는 사람 역시 길을 잃고 헤매는 것과 같다. 물론 이런 사람들일수록 돈벌이에만 마음을 쓰다가 머리카락이 빠질 지경에 이르는 경우가 많다. 이제 사람은 돈벌레가 되어 버린 지 오래다. 너도나도 황금충(黃金虫)이 되어 온갖 것에 욕심이라는 기름을 발라 놓고는 게걸스럽게 보챈다. 그러다 보니 정도(正道) 따위는 거들떠보기도 어렵게 되고 말았다. 정도(正道)가 돈벌어 주느냐고 빈정대며 골머리 썩이기를 마다하지 않으니 마음 편히 사는 즐거움을 잊어버린 지 오래다. 그래서 정도(正道)를 따르면 마음이 편안하고, 사도(邪道)를 따르면 불안해진다는 간단한 사실을 모른 척하면서 떠든다. 정도를 찾아 걷고 싶은가? 그렇다면 마음속에 숨겨둔 욕(欲)을 줄이면 된다. 그렇지 않고서는 사악한 길[邪道]을 벗어날 수 없어 한평생 강녕(康寧)하기 어렵다.

志 뜻 지 以 써 이 道 길 도 寧 편안할 녕

《서경》〈4편 주서(周書) 7장〉

言 以 道 接
언 이 도 접

말은 도로써 주고받아라

세 치 혀를 잘못 놀리면 재앙을 불러오지만 세 치 혀를 조심하면 말 한 마디로도 천 냥 빚을 갚을 수 있다. 가는 말이 고와야 오는 말도 곱다 하지 않는가. 말이란 참으로 무서운 것이다. 한번 뱉은 말을 주워 담을 수 없기에 입을 헤프게 놀리면 누구든 큰 코 다치게 마련이다. 그러나 정도(正道)에 맞게 말한다면 아무리 말을 많이 해도 덕이 될 뿐 탈이 날 일은 없다. 그래서 성현이 입을 열면 백성이 편안하고, 폭군이 입을 열면 산천초목마저 무서워 떤다고 했다. 폭군은 도를 무시하고 입을 놀리지만 성현은 정도를 따라 할 말만을 하는 까닭이다. 성현은 아무리 말을 많이 해도 말을 낭비하는 경우가 없다. 도를 벗어난 말이란 턱없이 주둥이를 놀리는 짓거리이지 마음속을 밝고 맑게 해 주는 말놀이를 하지 못한다. 성현의 말씀을 들으면 즐겁고 상쾌하다. 그래서 성현의 말씀은 마치 어린아이가 공을 가지고 노는 것처럼 우리를 즐겁게 한다. 이처럼 주고받는 말은 정도(正道)를 밟아야 한다.

言 말할 언 以 써 이 道 도리 도 接 주고받을 접

《서경》〈4편 주서(周書) 7장〉

不作無益害有益 功乃成
부 작 무 익 해 유 익 공 내 성

이로움이 없는 짓을 범해도 이로움이 있는 일을
해치지 않으면 공은 이루어진다

샘이 난다고 해코지는 하지 말아라. 그러면 공든 탑이 무너지고 만다. 잘못 생각하여 허튼 짓을 범했다 해도 남에게 폐가 될 일을 피한다면 남에게 용서받을 수 있다. 그러면 공들인 탑이 무너질 리 없다. 내가 공들인 탑을 어느 누가 심사(心思)가 난다면서 허물겠는가? 세상에 그런 일이 있으면 법이 용서하지 않고 하늘이 그냥 두지 않는다. 천벌이 없다고 생각하지 말라. 천벌은 엄연하게 있다. 세상 사람 모두가 나쁜 놈이라고 낙인을 찍으면 그게 바로 천벌이다. 사람이란 누구나 다 흠이 있게 마련이다. 이가 빠진 그릇일지라도 정이 들면 버리지 못하는 법이다. 그러니 남에게 해로운 짓거리를 범하지 않으면 너그러운 세상의 손맛을 느낄 수 있다. 무익(無益)함이란 남에게 이로움이 없다는 말이다. 나에게만 이롭다면 세상의 입장에서 봤을 때 무익이다. 유익(有益)이란 모두에게 이롭다는 말이다. 독차지하기 위해 사납게 굴면 쪽박마저 깨지는 수가 있다.

作 지을 작 無 없을 무 益 이로울 익 害 해칠 해 有 있을 유 功 업적 공 乃 미칠 내 成 이룰 성 　　　　　《서경》〈4편 주서(周書) 7장〉

不貴異物賤用物 民乃足
부　귀　이　물　천　용　물　　민　내　족

남다른 물건을 소중히 하면서도 늘 쓰는 물건을
업신여기지 않으면 백성은 만족한다

금(金)은 소중하고 모래〔沙〕는 천하다고 생각하지 말라. 모
래가 없으면 시멘트가 아무리 많아도 건축 자재로 쓸모가 없
다. 집을 짓는 데는 금보다 시멘트가 더 소중하다. 그렇게 소
중한 시멘트가 제 값을 다하기 위해서는 반드시 모래가 있어
야 한다. 사랑하는 연인의 손가락에 낄 가락지를 만들려면 금
이 더 소중하지만 콘크리트를 비벼 집을 짓는 데는 금보다 시
멘트와 모래가 더 소중한 법이다. 그러나 사람들을 희귀한 물
건이라면 소중하다며 비싼 값을 매기고 욕심을 부린다. 그런
물건을 일러 이물(異物)이라 한다. 가장 소중한 공기와 물, 밥
등을 생각해 보라. 이런 것들이 없으면 모든 목숨은 죽는다.
고려청자는 희귀하기 때문에 소중하고, 한 바가지의 물은 흔
하므로 천하게 여긴다면 이만저만 큰 탈이 아니다. 고려청자
는 이물(異物)이고, 한 그릇의 물은 용물(用物)이다. 이물은
없어도 살 수 있지만 용물은 없으면 살 수도 없거니와 살기도
불편하다. 용물을 소중히 하면 백성이 불편 없이 살 수 있다.

不 아닐 부　貴 소중히 할 귀　異 다를 이　物 만물 물　賤 천할 천　用 쓸
용　民 백성 민　乃 이에 내　足 만족할 족　　《서경》〈4편 주서(周書) 7장〉

不 寶 遠 物　則 遠 人 格
불　보　원　물　　즉　원　인　격

먼 곳의 물건을 보배로 여기지 않으면
곧 먼 데 사람이 찾아온다.

　국산(國産)을 엽전이라며 업신여기고 외산(外産)을 물 건너
온 것이라며 높이 사려는 성미는 참으로 고약하다. 제것을
업신여기고 어찌 복을 받겠는가. 오죽하면 신토불이(身土不
二)라는 말이 다 나왔을까. 외국산을 보물처럼 여기지 않으
면 그것을 만든 먼 데 사람들이 그네들의 물건을 팔아먹고자
찾아와 우리를 존경한다. 그러나 그 반대가 되어 외국산에
사족을 못쓴다면 우리를 얕보고, 심지어 비싼 값을 매겨 등
쳐먹으려고 한다. 그러므로 내 것을 보배로 생각해야 나 자
신이 대접을 받는 법이다. 내가 내 것을 소중히 여기지 않는
데 어찌 남들이 내 것을 소중히 여기겠는가. 특히 문화(文化)
에 있어서 자국(自國)의 문화보다 외래 문화를 더 존중한다
면 누워서 침 뱉는 꼴을 면하기 어렵다. 누워서 침을 뱉으면
제 얼굴 위로 떨어질 뿐이다. 그러면 외래 문화를 누리는 먼
데 사람들이 우리를 멸시하게 된다. 격상(格上)도 나 하기에
달렸고 격하(格下)도 나 하기에 달렸다.

不 아닐 부　寶 보배로 여길 보　遠 멀 원　物 물건 물　則 곧 즉　遠 멀
원　人 사람 인　格 올 격　　　　　　　　《서경》〈4편 주서(周書) 7장〉

所 寶 惟 賢　則 邇 人 安
소　보　유　현　　　즉　이　인　안

보배로 여기는 것이 오로지 현자라면
곧 가까운 사람들이 편안하다

　소중히 하는 바가 돈이나 명성, 권력이라면 편안할 수 없
다. 그런 것들은 보배처럼 보이지만 실은 보배가 아니다. 진
정한 보배란 마음을 편하게 해 주는 것이니 말이다. 그래서
알맞음보다 더 보배로운 것은 없다고 한다. 돈도 자신에게
걸맞을 만큼만 있어야지 턱없이 많아도 탈이고 턱없이 적어
도 탈이다. 자신의 능력만큼 성실하게 일해서 돈도 벌고, 자
신에게 걸맞은 만큼의 명성을 얻고, 자신에게 걸맞게 권세를
부리는 사람은 현명하다. 그러나 과대망상에 사로잡힌 사람
이 옆에 있다면 늘 불안하다. 불똥이 언제 어디로 튈지 몰라
날마다 전전긍긍해야 하는 까닭이다. 이런 인간이 옆에 있으
면 주변 사람들은 죄 없이 불안하게 살게 마련이다. 그러니
내가 남들을 편하게 하는지 불편하게 하는지 살피면서 살아
갈 일이다. 현명한 사람은 유별난 사람이 아니다. 주변 사람
들의 마음을 편하게 해 주려고 배려하는 사람이 곧 현명하
다. 현명한 사람과 이웃하고 살 수 있다면 참으로 행운이다.

所 바 소　寶 보배로 여길 보　惟 오직 유　賢 현명할 현　則 곧 즉　邇 가
까울 이　人 사람 인　安 편안할 안　　　　《서경》〈4편 주서(周書) 7장〉

爲 山 九 仞　功 虧 一 簣
위　산　구　인　　공　휴　일　궤

아홉 길의 산을 만드는 데 한 삼태기의
흙만 모자라도 한 일이 일그러지고 만다

　성자(誠者)는 모든 일의 처음이요, 끝이라고 한다. 정성을
다하는 것[誠者]이 일한 보람을 누리는 모든 것이라는 말이
다. 정성을 들이지 않고 일한 보람을 바란다면 금이 간 독에
땀흘려 물을 담는 꼴을 면하기 어렵다. 물을 담기 전에 물독
이 온전한가를 먼저 살핀 다음 한 방울의 물도 흘리지 않고
잘 담으려는 정성어린 마음이 있어야 독에 물을 담을 수 있
다. 사소한 일이라고 대충대충 하는 사람은 큰일도 그렇게
해치우려는 성미 탓에 결국 헛수고만 하게 마련이다. 헛수고
하는 사람치고 정성 쏟는 사람이 없다. 성자(誠者)를 일러 하
늘의 뜻으로 여기라 한다. 정성을 다해 일해 놓고 하늘의 뜻
을 기다린다고 하지 않는가. 일을 맡은 사람은 길쌈하는 아
낙의 마음을 따르라고 한다. 한 올 한 올 베 짜는 일은 정성
을 들이지 않으면 안 되는 까닭에 길쌈하는 아낙의 마음은
정성스럽기 짝이 없다. 그러니 작은 일도 헐한 데가 없어야
한다. 큰일일수록 사소한 일을 먼저 잘해야 한다.

爲 만들 위　山 뫼 산　九 아홉 구　仞 한길 인　功 일해 이룰 공　虧 일그
러질 휴　一 한 일　簣 삼태기 궤　　　　　《서경》〈4편 주서(周書) 7장〉

爽 邦 由 哲
상 방 유 철

어진 이들로 말미암아 나라가 밝아진다

철인(哲人)은 밝은 사람을 말한다. 무엇에 밝다는 말인가? 지식이나 정보가 아니라 어짊에 밝은 사람을 이른다. 그래서 철인은 반드시 인자(仁者)가 아니면 안 된다. 우리네 철인은 서양식으로 철학자(哲學者)를 뜻하지 않는다. 인의(仁義)에 밝은 선생을 일러 철인(哲人) 또는 현인(賢人)이라 한다. 현명한 선생을 일러 철인이니 현인이니 칭송한다. 철인은 성인(聖人)을 본받고, 성인은 천지(天地)를 본받는다. 성인보다 더 천명을 두려워하는 선생은 없다. 이런 성인을 본받는 분들이 나라를 다스리면 온 세상 백성이 밝게 웃는다. 백성의 밝은 웃음이 곧 상방(爽邦)이다. 어진 임금 아래서는 백성이 웃고, 폭군 밑에서는 간신들만 웃는 법이다. 백성이 울부짖는 나라는 지옥이다. 지옥은 어둡고 천국은 밝다. 성인이나 철인이나 모두 이 세상이 천국을 닮아서 온 나라가 밝기를 바란다.

爽 밝을 상 邦 나라 방 由 말미암을 유 哲 어질 철

《서경》〈4편 주서(周書) 9장〉

崇 德 象 賢
숭   덕   상   현

어진 이들로 말미암아 나라가 밝아진다

　자기를 이룸[成己]은 어짊[仁]이고, 사물을 이룸[成物]은 앎
[知]이다. 이러한 성기(成己)와 성물(成物)을 일러 목숨이 바
라는 바[性]의 덕(德)이라고 한다. 그래서 하늘의 뜻인 목숨을
올바로 누리기 위해서는 인지(仁知)를 아울러 간직해야 한다.
어짊만 고집해서도 안 되고 앎만 고집해서도 안 된다는 말이
다. 이 또한 중용(中庸)의 삶을 말한다. 지식에게만 치우쳐 기
울어진다면 사람이 지식의 도구로 전락하고 만다. 바로 지금
우리가 그렇게 기울어져 있다. 그래서 지성(知性)만 추구하면
서 덕성(德性)은 우습게 보려고 한다. 이런 까닭에 덕이 밥 먹
여 주느냐고 빈정대면서 지식을 쌓아야 경쟁력이 생긴다고
아우성이다. 이렇다 보니 덕을 숭상할 리가 없고, 그 결과 현
자를 본받을 리 없게 되고 말았다. 유능한 인재가 되기를 바
랄 뿐 현명한 사람이 되기를 바라지는 않는 모양새다. 그래서
덕을 받들라고 하면 비웃고, 현명한 사람이 되라고 해도 비아
냥거린다. 덕이 없어져 사람들이 무섭다.

崇 받들어 올릴 숭　德 큰 덕　象 본뜰 상　賢 어질 현
《서경》〈4편 주서(周書) 10장〉

撫 民 以 寬
무　　민　　이　　관

너그러움을 써서 백성을 어루만진다

　법으로 모든 것을 다한다는 말보다 매정한 것은 없다. 법
치(法治)란 결국 법을 손에 거머쥔 자에 의한 인치(人治)를
불러올 수 있다. 그러면 권력은 새가 되고 백성은 벌레가 되
며, 법은 거미줄 노릇을 마다하지 않게 된다. 이렇게 되면 법
은 죄 없는 백성을 낚아채고, 거미줄을 박차고 날아가는 새
는 법망을 비웃는 꼴이 빚어진다. 이런 꼴을 드러내는 법치
란 폭군 노릇을 숨기고 있는 인치(人治)일 뿐이다. 그러니 법
으로 백성을 어루만질 수 있다고 말하지 말라. 백성을 어루
만질 수 있는 치세는 오직 덕치뿐이다. 덕치는 사람의 마음
에서 나오지 육법 전서(六法全書)에서 나오지 않는다. 덕치는
너그러운 마음〔寬〕에서 비롯된다. 관대(寬大)라 하지 않는가.
관(寬)은 크다〔大〕는 말이다. 크다는 것은 곧 덕으로 통한다.
마음이 크나큰 사람은 자신에게는 엄격하지만 남에게는 너
그럽다. 남을 용서할 줄 아는 사람은 마음이 큰 사람이다. 그
런 사람이 치자가 되면 백성을 어루만진다.

撫 어루만질 무　民 백성 민　以 써 이　寬 너그러울 관
《서경》〈4편 주서(周書) 10장〉

恪 愼 克 孝　　肅 恭 神 人
각　신　극　효　　숙　공　신　인

삼가 효성할 수 있다면
하늘과 사람을 더없이 공경한다

　신인(神人)의 신(神)은 귀신(鬼神)의 신(神)이다. 귀신은 천
지의 작용, 즉 기운을 뜻한다. 하늘의 기운이 신(神)이고, 땅
의 기운이 귀(鬼)라는 말이다. 결국 귀신이란 만물에 깃들어
있는 천지의 기운인 셈이다. 그러니 신인을 만물과 더불어
사람이라고 여겨도 되고, 만물을 하나로 깨우친 사람으로 새
겨도 된다. 물론 여기서는 만물과 사람을 정중하게 받드는
마음이 곧 효(孝)에서 비롯된다고 새겨들으면 된다. 효도(孝
道)란 무엇인가? 목숨을 물려준 부모를 받들어 모시는 마음
이다. 서양에서는 목숨을 소유(所有)로 생각하지만 동양에서
는 목숨을 빌린 것으로 여긴다. 천명(天命)이 바로 그런 말이
다. 천지를 이어받아 나에게 목숨을 물려준 부모를 천지로
여기는 마음가짐이 곧 효도의 발원(發源)이다. 그래서 효성
(孝誠)이라 하지 않는가. 효는 곧 성(誠)과 같다. 정성이 없는
효란 없다. 그래서 삼가 효도하라 한다. 거짓으로 효도하면
천벌을 받는다.

恪 삼갈 각　愼 삼갈 신　克 능할 극　孝 효도 효　肅 공경할 숙　恭 공경
할 공　神 혼 신　人 사람 인　　　　　　　　　《서경》〈4편 주서(周書) 10장〉

弘 于 天 若
홍 우 천 약

하늘처럼 크게 되라

    홍익인간(弘益人間)이라는 단군의 정신이 생각난다. '널리 인간을 이롭게 하라.' 이 말씀과 홍우천약(弘于天若)은 같은 말씀이다. '하늘[天] 같이[若] 크게 되라[弘].' 그렇게 된 사람을 일러 성인(聖人)이라 하고, 군자(君子)라 하고, 대인(大人)이니 대장부(大丈夫)라고 한다. 그런데 세상은 늘 이런 사람이 어디 있을까 싶을 정도로 졸장부(卒丈夫)들의 씨름판으로 얼룩져 있다. 더러는 성군도 있었고 대인도 있었지만 결국은 소인배들의 아우성이 넘쳐나 늘 좁쌀 같은 소인배들이 세상을 틀어쥐었다. 그래서 세상은 늘 가시밭길처럼 사람을 아프게 하고, 삶을 고달프게 한다. 이런 세상을 편안히 살 수 있는 세상으로 만들고자 주공(周公)이라는 분이 제후 노릇을 할 강숙(康叔)에게 던진 말이 바로 홍우천약(弘于天若)이다. 임금이라면 하늘 같이 크게 되라. 대통령이라면 하늘 같이 크게 되라. 그러면 백성은 하나가 되어 살맛이 나게 마련이다. 대장부는 패를 가르지 않는다.

弘 클 홍 于 어조사 우 天 하늘 천 若 같을 약

《서경》〈4편 주서(周書) 11장〉

恫 瘝 乃 身
통 관 내 신

그대 몸에 아픔과 병이 있는 것처럼 하라

몸이 아프거나 병들면 다시 성한 몸이 되기 위해 온갖 정성을 다한다. 건강할 때 건강을 지키라고 한다. 하지만 우리는 건강한 몸이 얼마나 소중한지를 모르고 오두방정을 떨다가 몸이 아픈 다음에야 겨우 그것을 겨우 알아채고 그제야 몸을 소중히 할 마음을 낸다. 아파 본 사람만이 건강한 몸이 얼마나 고마운지를 안다. 무엇이 고마운 줄 아는 마음은 무언가를 공경할 줄 안다. 군자는 왜 홀로 있을 때를 삼간다고 하는가? 세상을 소중히 여기는 까닭이다. 노자가 왜 한 나라를 다스리는 일은 작은〔小〕 생선〔鮮〕 삶듯이〔烹〕 하라〔若〕고 했겠는가? '약팽소선(若烹小鮮)하라, 신독(愼獨)하라, 통관내신(恫瘝乃身)하라'는 다 같은 말씀이다. 오만하고 방자한 사람은 큰일을 하지 못한다. 사람을 편안히 하는 일보다 더 큰일은 없다. 그래서 착하게 사는 삶을 가장 큰일이라고 하는 것이다. 누구든 삼가 조심해서 살아야 한다.

恫 아파할 통　瘝 병들 관　乃 너의 내　身 몸 신

《서경》〈4편 주서(周書) 11장〉

天 畏 棐 忱
천 외 비 침

하늘은 두렵지만 도와주고 정성스럽다

　하늘을 얕보는 사람은 고마워할 줄 모른다. 그러나 하늘을 두려워하는 사람은 하늘이 얼마나 고마운지를 살필 줄 안다. 하늘을 허(虛)라고도 하고 공(空)이라고도 한다. 허(虛)나 공(空)은 모두 구멍이라는 말이다. 만물은 이 구멍이 없으면 있을 곳이 없다. 지구, 아니 태양계와 은하수가 있는 것도 한도 끝도 없는 구멍 덕이다. 그런 구멍(天)을 두려워하라는 말씀은 무슨 뜻인가? 감사하라 함일 것이고, 공경하라 함일 것이다. 콧구멍이 있어서 바람을 들이마셔 숨을 쉬고, 목구멍이 있어서 차가운 물을 마시고, 똥구멍이 있어서 시원하게 뒤를 본다. 빈곳이 곧 구멍 아닌가. 그래서 구멍이 막히면 죽는다. 이 얼마나 두려운가. 허심(虛心)은 마음이라는 빈 구멍이 두려운 줄 아는 마음이다. 허심은 욕심을 줄이면 줄일수록 커진다. 그런 허심은 온 세상이 도와주고(棐), 온 세상이 정성껏 받들어 준다(忱). 세상에서 손가락질 받지 않고 대접받고 싶면 허심하라. 천외(天畏)와 허심(虛心)은 같다.

天 하늘 천　畏 두려울 외　棐 도와줄 비　忱 정성스런 침
《서경》〈4편 주서(周書) 11장〉

惠不惠 懋不懋
혜 불 혜 무 불 무

따르지 않으면 따르게 하고
힘쓰지 않으면 힘쓰게 하라

　백성으로 하여금 복종(服從)하게 하려면 권력이 총칼을 차야 한다. 그러나 백성으로 하여금 순종(順從)하게 하면 권력이 별것 아니게 된다. '따르지 않으면 따르게 하라.' 이는 억지를 부리지 말고 왜 따르지 않는지를 밝혀 그 까닭을 버리면 곧 따르게 됨을 뜻한다. 그래서 맹자는 물조장(勿助長)하라 했다. '욕심대로 억지를 부리지 말라[勿助長].' 상대가 순종하지 않는 것은 상대방 탓이 아니라 내 탓임을 알라는 것이다. 힘쓰지 않으면 힘쓰게 하라 함은 일한 보람이 되돌아가게 하라 함일 것이다. 재주는 곰이 부리고 돈은 왕서방이 벌어들이는 꼴이라면 어느 누가 땀흘려 일하겠는가. 성군 밑에 사는 백성은 모두 부지런하지만 폭군 밑에 사는 백성은 모두 게으름뱅이가 된다 하지 않는가. 욕심 사납게 억지를 부리면 따를 사람이 없고, 일한 보람이 없으면 누구나 게으름을 피우게 된다. 그러나 순리대로 하면 따를 것이고, 모두가 살맛 나게 하면 누구나 힘써 일하게 된다.

惠 순종할 혜　不 아니 불　懋 힘쓸 무

《서경》〈4편 주서(周書) 11장〉

宅天命 作新民
택　천　명　　작　신　민

하늘의 뜻을 안정하여 백성을 새롭게 하라

　천명(天命)을 안정하게 하려면 명덕(明德)해야 한다. '덕을 밝힌다[明德].' 모든 목숨이 소중하고, 모든 목숨이 바라는 바를 일러 덕(德)이라 한다. 목숨을 해치는 것은 무엇이든 부덕(不德)이요, 반덕(反德)이요, 비덕(非德)이다. 신민(新民)이란 백성[民]을 후덕하게 하라 함이다. 새롭다[新] 함은 무럭무럭 자라남을 말하니 말이다. 갓난아이가 벙긋거리며 무럭무럭 자라나는 모습이 곧 일신(日新) 아닌가. 새싹이 돋아 무럭무럭 자라서 잎을 피우고 꽃을 틔어 열매를 맺어 잘 여무는 것이 곧 일신 아닌가. '날마다 새롭다[日新].' 그러니 일신은 오늘날 말하는 향상(向上)과는 그 뜻이 다르다. 향상은 덕을 쌓으라 함이 아니고, 정보를 많이 챙겨 경쟁력을 갖추라 함이다. 그러나 지금은 신민(新民)하지 못하고 예민(銳民)에만 몰두한다. 그래서 돈 몇 푼 때문에 살인을 범하는 짓거리도 심심찮게 일어난다. 그러한 살인을 두고 천명을 어기는 짓이라고 한다. 천명이 불안해지면 세상이 아수라장이 된다.

宅 안정할 택　命 명할 명　作 지을 작　新 새로울 신
《서경》〈4편 주서(周書) 11장〉

204

若保赤子
약　보　적　자

갓난아이를　돌보듯이　하라

'약보적자(若保赤子)하라.' 이는 지어지선(止於至善)하라는
말과 같다. 더할 바 없이 선한 바에 머물러 살라[止於至善].
노자는 복귀어영아(復歸於嬰兒)하라 했다. 즉 갓난아이로 되
돌아가라 함이다. 갓난아이[嬰兒]는 선(善)과 성(性) 그 자체
다. 그래서 새끼를 무릇 천명(天命)의 드러남이라고 하는 것
이다. 다 자란 풀을 베어도 되지만 돋아나는 싹을 건드리지
말라는 것도 천명을 어기지 말라 함이다. 갓난아이가 천명이
듯이 새싹 역시 천명이다. 요새는 천명이라는 말이 시답지
않아져 세상이 걷잡을 수 없이 사납게 굴러가고 있다. 사람
들이 풀꽃처럼 다시 향기로울 수 있다면 사는 일이 고달프거
나 빈곤하다 할지라도 이렇게 아우성을 칠 리 없을 것이다.
세상을 마치 전선(戰線)처럼 여기고 총부리를 겨눌 작심으로
세상살이를 하다 보니 모두가 굶주린 야수처럼 산다. 그래서
약보적자라는 말은 아무리 해도 귓전에도 스치지 못하는 세
상이다.

若 함께할 약　保 보살필 보　赤 붉을 적　子 아들 자
《서경》〈4편 주서(周書) 11장〉

無 作 怨
무　작　원

원망을 짓지 말라

사나운 욕심 탓에 남에게 원망을 사는 인간은 남의 가슴에 못질을 하는 것과 같다. 남을 멍들게 하는 놈치고 발뻗고 사는 놈 없다. 늘 쫓기는 사람처럼 불안해하면서 인생을 마치 숨바꼭질하듯이 엮어 간다. 남에게 원망을 사고는 마음 편하게 살 수 없다. 그래서 하늘이 보고 땅이 본다고 하는 것이다. 원망을 샀으면 반드시 그 원망을 덕으로 풀어야 한다. 그래서 노자는 보원이덕(報怨以德)하라 했고, 공자는 보원이정(報怨以正)하라 했다. 원망을 샀으면 덕으로 그 원망을 갚아 주라는 것이다. 덕(德)이 곧 정(正)이요, 정(正)이 곧 덕(德) 아닌가. 나를 바르게 하고[正己] 나를 곧게 함[直己]이 곧 정직(正直) 아닌가. 후덕한 사람이라야 정직한 사람이다. 정직한 사람은 남에게 원한이나 원망을 사지 않는다. 남을 못살게 하거나 해롭게 하는 것은 부덕한 까닭이다. 원망을 짓지 말라 함은 상스럽고 더러운 인간이 되지 말라 함이다.

無 하지 말 무　作 지을 작　怨 원망할 원

《서경》〈4편 주서(周書) 11장〉

勿 用 非 謀 非 彝
물 용 비 모 비 이

계책이 아니거나 법이 아니면 이용하지 말라

일을 도모(圖謀)하라. 의논해서 해야 할 일이면 일이 잘되도록 준비해서 착수하라 함이 도모다. 섣불리 서둘러 어설프게 하지 말라 함이 도모일 터이다. 계책이 없는 짓을 하다 보면 일을 그르치게 마련이다. 일을 하다 그르칠 바에는 아예 처음부터 하지 않는 것만 못하다. 사람으로써 떳떳하게 지켜야 할 도리를 이륜(彝倫)이라 한다. 변함없는 도리를 일러 이전(彝典)이라 하고, 늘 변함없는 법을 일러 이헌(彝憲)이라 한다. 법(法)이란 무엇보다 떳떳해야 한다. 날치기로 만들어진 법은 백성에게 박수를 받을 수 없다. 그래서 비이(非彝)는 당당하고 떳떳한 법이 아니다. 떳떳하지 못한 법을 이용하면 백성에게 원성을 사게 마련이다. 그러면 권세라는 것은 좀먹어 가는 나무 등걸이 되어 결국 부러지거나 넘어진다. 세상은 참으로 살얼음판과 같다. 까불다가는 얼음이 깨져 물속에 빠지는 꼴을 면하기 어렵다. 그래서 비모(非謀)나 비이(非彝)를 범하지 말라는 것이다.

勿 하지 말 물 用 쓸 용 非 아닐 비 謀 계책 모 彝 법 이
《서경》〈4편 주서(周書) 11장〉

顧 乃 德
고　내　덕

네 덕을 되돌아보라

고내덕(顧乃德)하라, 고아정(顧我情)하라는 다 같은 말씀이
다. '너의〔乃〕 덕을〔德〕 되돌아보라〔顧〕. 나의〔我〕 참모습을
〔情〕 되돌아보라〔顧〕.' 내가 후덕(厚德)한지 박덕(薄德)한지
나 자신을 내가 살펴보라 함이다. 나에게 덕이 있는지 없는
지 나 스스로 따져 보라 함이다. 자신을 돌이켜 보아 부덕한
줄 아는 사람은 부끄러워할 줄 안다. 부끄러워할 줄 알면 뉘
우칠 줄 안다. 뉘우치는 사람은 잊었던 덕을 되찾아 마음으
로 하여금 다시 덕이 깃들도록 한다. 그리하면 심덕(心德)이
이루어진다. 마음이 곧 덕이라면 그 마음은 하늘과 같고 땅
과 같다. 그래서 대인(大人)이 생기는 법이다. 내가 후덕한지
박덕한지를 되돌아보아 후덕하다면 다행이고 박덕하다면 불
행하다. 박덕한 사람이 하는 일이란 늘 여의치 않기 때문이
다. 뜻대로 되지 않는다고 땅을 치며 원통해하지 말라. 부덕
의 소치(所致)로 그런 것이니 자신을 되돌아보고 살펴보라.
대인은 자신을 살펴 잘못이 있으면 서슴없이 고친다.

顧 돌아볼 고　乃 너 내　德 큰 덕

《서경》〈4편 주서(周書) 11장〉

惟 土 物 愛
유 토 물 애

오로지 땅에서 나는 것들을 사랑하라

　주(周) 나라의 주공(周公)이 금주(禁酒)를 명하면서 한 말이
다. 술은 땅이 준 것이 아니다. 땅이 준 것을 사람이 가공한
것이다. 주공은 술을 마시면 사람이 사나운 꼴을 드러낼 것
을 경계하면서 땅이 주는 것만 먹고살라고 했다. 신토불이
(身土不二)라는 말은 이제 익숙하다. 내 몸은 내가 태어난 산
천과 떨어질 수 없다. 이처럼 토산품은 내 생명을 연명하게
해 준다. 어디 태어난 산천만 그렇겠는가! 땅이 준 것만 먹고
산다면 몸에 해로울 것이 없다. 그러나 요새는 온갖 꾀를 다
해 자연을 어기고 조작한 먹거리들이 너무나 많다. 동식물의
유전자를 조작해 만들어 낸 식품들을 보라. 땅에서 난 것들
을 가공해서 입맛에 맞추려는 인간의 꼴을 보라. 필요 이상
으로 살이 쪄서 엉금엉금 기어다니는 꼬락서니를 면치 못하
는 인간 군상(群像)을 보라. 인간은 자연을 어기고 잘산다고
떵떵거리지만 자연을 어기고 살아남는 것은 아무것도 없다.
진정으로 웰빙하고 싶다면 산천이 하라는 대로만 하라.

惟 오로지 유　土 흙 토　物 물건 물　愛 사랑할 애
《서경》〈4편 주서(周書) 12장〉

人 無 於 水 監　當 於 民 監
인　무　어　수　감　　당　어　민　감

사람은 물을 거울로 삼지 말고
사람을 거울로 삼아야 한다

누구나 아침마다 세수를 하고 거울에 비친 제 얼굴을 만난
다. 따지고 보면 그 옛날 그리스에서만 나르시스(Narcisse)가
있었던 것은 아니다. 그런 유형은 늘 있고, 또 얼마든지 있
다. 공주병에 걸린 여자도 많고 왕자병에 걸린 남자도 많으
며, 나 아니면 안 된다는 벽창우(碧昌牛) 같은 인간도 많다.
옛날에는 거울이 없었으니 물을 거울 삼아 제 얼굴을 들여다
보았다. 저 잘났다고 착각하는 인간은 남들이 자신을 흉보는
줄 모른다. 남들이 눈치를 주면 나 잘난 맛에 내가 사는데 웬
참견이냐면서 딴지를 건다. 이런 인간들은 남의 얼굴을 제
거울로 삼을 줄 모른다. 그래서 뻔뻔스럽고 낯가죽이 쇠가죽
처럼 두껍다. 그러나 염치가 있는 사람일수록 남들이 자기를
좋아하는지 싫어하는지 살펴서 삼간다. 그렇게 살면 남에게
폐가 될 리도 없고, 짐이 될 리도 없다. 사람은 독불장군처럼
살 수 없다. 서로 함께 더불어 살아야 한다. 제 주변 사람들
을 거울 삼아 산다면 덫에 걸려 넘어질 리가 없다.

人 사람 인　無 하지 말 무　於 어조사 어　水 물 수　監 거울 감　當 마땅
히 당　民 백성 민　　　　　　　　　　　《서경》〈4편 주서(周書) 12장〉

引養引恬
인 양 인 념

불러들여 먹여 주고 길러 주고
불러들여 편안케 하라

인민(引民)하고 양민(養民)하라. 인민(引民)하여 염민(恬民)
하라. 이 말을 위와 같이 줄여 말한 것이다. 사람들이 와서
살고 싶어하는 고장으로 만들라 함이 곧 인민(引民)이다. 그
리고 먹고살 수 있는 터전을 마련해 주라 함이 양민(養民)이
다. 사람은 짐승과는 달리 아무리 먹거리가 풍부해도 마음이
편치 못하면 살맛을 잃어버린다. 오히려 먹거리는 풍성치 않
더라도 마음이 편한 곳을 바라는 것이 사람이다. 마음이 편
해야 몸이 편하지 몸만 편안하고 마음이 불편하면 살지 못하
는 것이 인간이다. 그래서 맹자도 행인정(行仁政)하라고 했
다. 그러면 여민개락(與民皆樂)한다고 했다. 어진 정치를 하
면[行仁政] 백성과 더불어 모두 다 삶을 즐거워한다[與民皆
樂]. 이 또한 인양인념(引養引恬)인 셈이다. 오늘날 말하는 민
주주의란 무엇인가? 어렵게 정치 이론을 끄집어내어 혼란스
럽게 할 것 없다. 인양인념이면 되고, 여민개락이면 만족한
민주주의가 아니겠는가.

引 끌어들일 인 養 기를 양 恬 편안할 념

《서경》〈4편 주서(周書) 13장〉

勤 用 明 德
근 용 명 덕

애써 밝은 덕을 널리 써라

작은 것[小]보다 큰 것[大]을 배워라. 시비(是非) 거는 것을
작다고 하고, 시비를 넘어서는 것을 크다고 한다. 그래서 인
간이 소지(小知)에 매달리면 영악해지고, 대지(大知)를 누리
면 너그러워진다고 한다. 소지는 말단이고 대지는 근본임을
깨우치게 함이 곧 명덕(明德)이다. 《대학(大學)》이라는 경서
(經書)를 열면 맨 먼저 '대학지도(大學之道) 재명명덕(在明明
德)'이라는 말씀이 나온다. 큰 것을[大] 배우는[學] 길은[道]
밝은[明] 덕을[德] 밝히는 데[明] 있다[在]. 그러므로 명덕(明
德)은 큰 것을 배우는[大學] 첫길인 셈이다. 차별하지 말라.
그러면 명덕함이다. 서로 어울려 하나 되게 살라. 그러면 명
덕함이다. 너그러움을 먼저 생각하고 용서하는 마음가짐을
잃지 말라. 그러면 명덕함이다. 그래서 성인(聖人)을 일러 명
덕의 화신이라 하고, 백성을 일러 명덕을 간절하게 바라는
민초(民草)라고 한다. '백성을 위해 애써라[勤用明德].' 이를
일러 왕도(王道)라 한다.

勤 부지런할 근 用 쓸 용 明 밝을 명 德 큰 덕
《서경》〈4편 주서(周書) 13장〉

和懌先後迷民
화 역 선 후 미 민

미혹한 백성을 끌어 주고 밀어 주어
서로 어울려 기뻐하게 하라

오늘날의 국민과 시민은 더욱 미민(迷民)이 되어 있다. 오늘날의 국민이 과거의 백성보다 더 심각하게 미민(迷民)으로 전락해 있는 것이다. 미혹함(迷)이란 무엇인가? 소사과욕(少私寡欲)을 뒤집어 버린 성질머리를 말한다. 제 것을 적게 하고(少私) 제 욕심을 줄여라(寡欲). 그러면 누구나 미혹함에서 벗어날 수 있다. 그러나 현대인들은 걷잡을 수 없을 만큼 대사과욕(大私過欲)하려고 발버둥친다. 내 몫을(私) 크게 하고(大) 내 욕심을(欲) 넘치게 한다(過). 미혹함이란 곧 대사(大私)함이요, 과욕(過欲)함이다. 현명함이란 소사(少私)함이요, 과욕(寡欲)함이다. 화역(和懌)함이란 곧 현명한 삶의 누림이다. 제 욕심만 크게 하려고 사납게 구는 백성(迷民)을 잘 달래서 앞에서 끌어 주고(先) 뒤에서 밀어 주어(後) 서로 어울리게 하고(和) 서로 삶을 나누어 기쁘게 해 주는 것(懌)을 선정(善政)이요, 인정(仁政)이요, 덕치(德治)요, 왕도(王道)라고 한다. 법치란 어떤가? 소인이 법을 쥐면 맹랑해 고약하다.

和 어울릴 화　懌 기뻐할 역　先 끌어 줄 선　後 밀어 줄 후　迷 미혹할 미
民 백성 민　　　　　　　　　　　　《서경》〈4편 주서(周書) 13장〉

213

王 疾 敬 德
왕   질   경   덕

왕은 덕을 공경하는 데 재빨라야 한다

　왕(王)은 왕자(王者)의 줄임말도 되고 왕도(王道)의 줄임말
도 된다. 여기서는 왕자(王者)의 줄임말이다. 임금 노릇 하는
〔王〕사람〔者〕은 세상 사람들을 통하게 하여 하나 되게 하는
사람을 말한다. 그래서 왕(王)을 일러 왕래(往來)라 하지 않
는가. 왕래한다는 것은 서로 통한다는 것이다. 통하면 서로
하나가 되므로 서로 돕고 사는 세상을 일구어 낸다. 왕은 이
런 세상을 일구어 내는 일을 맡는다. 그러자면 왕자(王者)는
무엇보다 덕을 공경하는 데 주저해서는 안 된다는 말씀이 바
로 왕질경덕(王疾敬德)이다. '경덕(敬德)하라.' 이는 곧 사천
(事天)하라 함이다. '하늘을 받들어라〔事天〕.' 이는 하늘을 두
려워하라 함이다. 이런 하늘을 인간세에서는 무엇이 대신하
는가? 임금이 아니라 백성이 대신한다. 경덕(敬德)하는 임금
은 이런 이치를 알고, 패덕(悖德)하는 폭군은 이런 이치를 몰
라 끝내 험하게 망하고 만다. 왕자란 대인의 화신이라고 보
면 된다. 그러니 임금만 왕자가 되라는 법은 없다.

王 임금 왕　疾 빠를 질　敬 공경할 경　德 큰 덕
　　　　　　　　　　　　　　　　《서경》〈4편 주서(周書) 14장〉

天 迪 格 保
천 적 격 보

하늘의 이끎을 바로잡아 지켜라

떳떳하고 당당한 사람이 되고 싶은가? 그렇다면 모든 일을 하기에 앞서 천적(天迪)이라는 한마디를 기억할수록 좋다. 하늘이 하라는 대로 하는 것이 천적이다. 반대로 더럽고 흉한 사람이 되어 버린 인간은 천적(天迪)을 팽개치고 천적(天敵)하는 못난 놈이다. 하늘을 적으로 삼는 인간은 용서받지 못한다. 천적은 천벌로 이어지는 까닭이다. 하늘이 이끌어 줌[天迪]은 후덕한 사람이 되도록 이끄는 것이고, 하늘을 적으로 삼음[天敵]은 덕을 팽개친 못난 인간이 범하는 짓이다. 다행스럽게도 천적(天敵)하는 인간보다 하늘이 이끌어 주기를 바라는 사람이 훨씬 더 많아 세상이 이만큼이라도 버틸 수 있다. 세상을 들여다보면 선량한 사람들이 훨씬 많다. 오히려 날 좀 보소 하고 잘난 척하는 인간들이 선량한 사람들을 등치는 짓거리를 범해 서글플 뿐이다. 남을 배려하고 껴안으면서 욕심을 줄이고 품격(品格)을 갖추고 살라 함이 천적이다.

天 하늘 천 迪 이끌 적 格 바로잡을 격 保 지킬 보
《서경》〈4편 주서(周書) 14장〉

無 若 火 始 燄 燄
무　약　화　시　염　염

불붙기 시작하는 것처럼 하지 말라

불쏘시개에 불을 붙이기 전에 불길이 무서움을 미리 생각할 일이다. 겁 없이 불길을 당기면 소중한 것들을 삽시간에 잿더미로 만들 수 있다. 그러니 함부로 불씨를 불어 섶에 불똥이 튀게 하지 말라. 타오르는 불길처럼 성질을 급하게 몰아가면 자신도 모르게 미쳐 버리는 어리석음을 면하기 어렵다. 타오르는 불길처럼 성급하게 해야 할 일이란 없다. 아는 길도 물어서 가라 했고, 찬물도 쉬엄쉬엄 마시라고 했다. 첫발부터 성큼성큼 내디뎌서는 천 리를 갈 수 없다. 천 리 길도 한 걸음부터 시작하는 까닭이다. 먼 길일수록 천천히 조심해서 걸어라. 엄벙덤벙 쏘대는 사람이 옆에 있으면 불안하지만 진득해 듬직한 사람이 옆에 있으면 편안해지는 이치를 새삼 따져 보면 불붙기 시작하는 것처럼 하지 말라는 까닭을 알 수 있을 것이다. 바늘 허리에 실을 매서 꿰매지 못하듯이 돌다리도 두들겨 본 뒤에 건너도 늦지 않으니 이리저리 살펴 인생이라는 항로를 헤쳐 나갈 일이다.

無 하지 말 무　若 ~처럼 할 약　始 시작할 시　燄 불 당길 염
《서경》〈4편 주서(周書) 15장〉

惟 帝 不 畀
유　제　불　비

생각하건대　하느님이　베풀어　주지　않는다

　　다스리는 사람들이 백성의 뜻과 행동에 걸맞지 않을 때 백
성은 하느님이 베풀어 주지 않는다〔帝不畀〕고 말한다. 백성
을 다스릴 수 있는 사람을 왕(王)이라 하는데, 그 왕은 백성
의 뜻을 살펴 하라는 명령, 즉 천명(天命)에 따라야지 제멋대
로 임금 노릇을 해서는 안 된다는 경고로 제불비(帝不畀)를
새기면 될 것이다. 백성에게 비난받는 치자일수록 제불비라
는 무서운 말을 살펴 새겨야 한다. 천명은 민심의 총화(總和)
이지 임금이나 대통령의 뜻이 아니다. 오늘날에는 그 천명이
백성이 던지는 한 표 한 표의 투표로 드러난다. 부정 투표를
했다가 끝이 좋은 경우를 보기 어려운 것은 천명, 즉 민심을
속였기 때문이다. 백성의 뜻〔民心〕을 어기거나 속이면 제불
비의 대가를 치르게 마련이다. 공자께서도 하늘에 죄를 지으
면 빌 곳도 없다고 했다. 백성의 눈에 나면 발붙일 곳이 없어
진다는 말씀이다. 제불비라는 말보다 더 무서운 벌은 없다.

惟 생각할 유　帝 하느님 제　不 아니 불　畀 베풀 비
《서경》〈4편 주서(周書) 16장〉

君子所其無逸
군 자 소 기 무 일

괜찮은 사람은 놀이에 놀아나지 않는다

군자(君子)는 따로 태어나거나 따로 있는 것이 아니다. 선하면 곧 군자이고, 악하면 곧 소인일 뿐이다. 이처럼 사람이란 군자도 되었다가 소인도 되는 변덕을 부린다. 다만 실로 군자가 되고 싶다면 선과 악 사이에서 줄타기를 하면서 변덕을 부리지만 않으면 된다. 그러니 생각하기에 따라서는 군자 노릇하기가 그렇게 어려운 것도 아니다. 듬직하고 착해서 늘 괜찮은 사람을 일러 군자라고 한다. 선량한 사람은 자기 한 몸 편하기 위해 잔수를 부리지 않는다. 늘 부지런하고 늘 검소하면서 배려하는 마음을 떨치지 않으려고 애쓴다. 그래서 신독(慎獨)한다 하지 않는가. 스스로 조심조심 삼가고[慎獨] 날마다 삶을 마주하는 사람은 이런저런 잡기[雜技] 따위에 놀아나지 않는다. 놀이에 놀아나는 사람은 자기밖에 모르는 소인배에 불과하다. 괜찮은 사람[君子]이 되고 싶은가? 그렇다면 무일(無逸)하라. 인생은 놀음이 아니므로 내 한 몸 편해 보자고 놀아나지 말라[無逸]는 것이다.

無 하지 않을 무　逸 편안해할 일

《서경》〈4편 주서(周書) 17장〉

嚴 恭 寅 畏
엄   공   인   외

엄숙하고 공경하며 삼가고 두려워하라

제 삶을 스스로 귀하게 할 수도 있고 천하게 버릴 수도 있다. 목숨보다 더 소중한 것은 없다. 그런 목숨을 누리게 하는 삶 또한 그만큼 소중하다. 그렇게 소중한 삶을 자기 스스로 가꾸고 싶다면 마음가짐을 다음처럼 하면 틀림없다.

엄공인외(嚴恭寅畏)하라. 엄숙한 사람은 늘 행동이 생각을 뒤따른다. 엄숙하면 허튼짓을 범하지 않게 된다. 공경하는 사람은 어디서나 주인 노릇을 한다. 남을 높일 줄 아는 까닭이다. 삼가는 사람은 늘 존경받는다. 자신을 낮추고 제 욕심을 덜 부리기 때문이다. 두려워할 줄 아는 사람은 자신의 인생을 늘 평안하게 한다. 함부로 살면 세상의 원망을 산다는 것을 아는 까닭이다. 그러나 이처럼 삶을 소중하게 이끌어주는 덕목을 팽개치거나 비웃는 사람은 제 인생을 막가게 내버려두는 것과 같다. 왜 깊은 물일수록 조용히 흐른다고 하는가? 방정스럽게 살지 말라 함이 아니겠는가. 엄공인외는 죽을 때까지 함께할 선생이다.

嚴 엄숙할 엄 恭 공경할 공 寅 삼갈 인 畏 두려워할 외
《서경》〈4편 주서(周書) 17장〉

天命自度
천 명 자 도

하늘의 뜻을 스스로 헤아린다

내가 사는 것도 천명(天命)이고, 내가 죽는 것도 천명(天命)이라고 하면 요새 사람들은 비웃는다. 그만큼 사람들이 오만하고 방자해졌다는 말이다. 천지에 나 혼자 살 수 있다고 고집하는 사람보다 더한 멍텅구리는 없다. 밥 먹고 옷 입고 숨쉬며 사는 일이 어찌 혼자 할 수 있는 일이겠는가. 하늘과 땅이 없다면 아무것도 살아남을 수 없다는 것을 미처 모르고 사는 것뿐이다. 바람이 소중한 줄 알려면 숨막히는 꼴을 당해 보면 되고, 물이 소중한 줄 알려면 목이 타 보아야 한다. 그러니 하늘이 살라 하면 사는 것이고, 하늘이 죽으라 하면 죽는 것임을 깨우칠수록 사람은 그만큼 건방을 덜 떨게 된다. 그래서 하늘이 뜻하는 바〔天命〕를 잊지 않고 늘 헤아리면서 사는 사람을 일러 현자(賢者)라고 한다. 그러나 요새는 이렇게 현명하게 사는 사람〔賢者〕을 만나기가 참으로 어렵다. 너도나도 저 잘난 맛에 산다고 아우성이니, 이는 스스로 헤아리기〔自度〕를 잊어버린 탓이다.

天 하늘 천　命 시킬 명　自 스스로 자　度 헤아릴 도
《서경》〈4편 주서(周書) 17장〉

治 民 祇 懼
치   민   기   구

백성을 다스림에 다만 두려워할 뿐이다

　임금이나 대통령만 치민(治民)하는 것은 아니다. 세상살이를 해 가자면 누구나 사람을 만나서 서로 일을 나누게 마련이다. 내 맘대로 되지 않는 것이 세상일이라고 함은 곧 서로 뜻을 맞추어 다스려야 함을 말한다. 결국 대인관계라는 것도 치민의 한 부분임을 알 수 있다. 일을 잘하자면 사람을 다루는 데 소홀해서는 안 된다는 것을 누구나 알고 있다. 될 일도 사람을 잘못 대하면 안 되는 것이 세상일이다. 내가 선하면 상대도 선할 것이요, 내가 악하면 상대도 악할 것이라는 생각을 잊지 않는 사람은 세상 앞에 나설 때 먼저 두려워할 줄 안다. 무모한 사람은 일을 망치기는 쉬워도 일을 이루기는 어렵다 하지 않는가. 무모한 이는 두려워할 줄 몰라서 될 일도 망쳐 버리고 만다. 두려워하는 사람은 무슨 일을 함에 있어 오두방정을 떨지 않는다. 나 자신이 착한가 아니면 어진가? 이런 생각을 하면서 사는 사람은 천지에 만만한 것은 없다는 것을 잘 안다. 그래서 삶 앞에 두려워한다.

治 다스릴 치　民 백성 민　祇 다만 기　懼 두려워할 구
《서경》〈4편 주서(周書) 17장〉

221

古之人胥教誨
고 지 인 서 교 회

옛 사람들은 서로 가르치고 이끌어 주었다

　사람을 모두 벗처럼 여기던 세상이 있었다. 어쩌다 잘못을 범하면 땅에 동그라미를 그려 놓고 얼마 동안 그 안에 가만히 서 있게 하는 것으로 벌을 주던 세상에서는 감옥의 높은 담벼락이 필요 없었다. 잘못했음을 스스로 뉘우치는 사람은 탈옥을 꿈꾸지 않는 법이다. 이런 세상이었으니 누구나 다 모르면 서로 알려 주고, 잘못됐으면 서로 그 까닭을 일깨워 좋은 길로 이끌며 함께 가기를 바라고 살았다. 공자께서도 세 사람이 길을 가면 그중에 내 선생이 있다고 했다. 그러나 지금 세상은 상대를 경쟁자로만 보려고 하지 자신을 일깨워 줄 벗이나 선생으로는 여기지 않는다. 상대를 경쟁자로 마주하기 때문에 늘 마음속에 싸울 준비를 마련해 두고 사는 세상이 되고 만 셈이다. 그렇다고 해서 서교회(胥教誨)라는 삶을 무시해도 된다는 말인가? 그럴 리가 없다. 세상이 아무리 험해도 서로 꿍하고 사느니 서로 가르치고 일깨워 함께 살아가는 길이 그리운 까닭이다.

　古 옛 고　胥 서로 서　教 가르칠 교　誨 인도할 회
《서경》〈4편 주서(周書) 17장〉

天 壽 平 格
천 수 평 격

평화롭게 하고 바로잡아 가면 오래 간다

천수(天壽)는 오래 간다는 말이다. 천수를 누리는 나라를 만나기는 참으로 어려워도 천수를 누리는 사람은 어느 정도 있다. 오래 산 사람은 자신의 마음을 평화롭게 거느리는 습관을 지니고 있다. 이런 사람에게서는 자신을 바로잡고자 나름대로 스스로를 채찍질하기를 마다 않는 모습을 볼 수 있다. 누구나 오랫동안 건강하게 살기를 바라기에 천수를 마다하는 사람은 없다. 그런데 평격(平格)을 버리고 오랫동안 건강하게 살기를 바란다는 것은 산마루에 올라가 낚시질하는 꼴과 같다. 마음을 날카로운 송곳 끝처럼 지니고 수틀리면 찔러 버리겠다는 전투 심리로 천수를 바란다는 것은 모래를 쪄서 밥을 짓겠다는 억지일 뿐이다. 마음을 평화롭게 하려면 무엇보다 소사(少私)할 줄 알아야 하고, 마음을 바로잡으려면 무엇보다 과욕(寡欲)할 줄 알아야 하는 법이다. 내 것[私]을 적게 하고[少] 내 욕심을[欲] 줄인[寡]다. 그런 다음에야 나를 귀하게 하는 평격을 갖출 수 있다.

天 하늘 천 壽 목숨 수 平 고를 평 格 바로잡을 격
《서경》〈4편 주서(周書) 18장〉

223

惟乃知民德
유　내　지　민　덕

오로지 백성이 후덕함을 알라

　정치가 왜 불신(不信) 당하는가? 백성을 얕보는 까닭이다.
그래서 정치가 저절로 부덕(不德)한 꼬락서니를 면치 못하고
있는 것이다. 덕을 얕보면 곧장 부덕하게 된다. 덕이란 무엇
인가? 천지에 두루 통함을 이른다. 백성은 늘 그런 덕을 간
직하고 산다. 백성이 부덕해 잔인하게 되는 것은 부덕한 치
자들의 행패 탓이지 본래 백성이 험악해서 몽둥이를 들고 거
리로 나서는 것은 아니다. 권좌(權座)를 차지했다고 세상을
얕보면 얕볼수록 백성은 하늘의 뜻인 덕을 지켜 내기 위해
성난 물도 되고 불도 된다. 폭군을 생각해 보라. 민덕(民德)
을 얕보고 행패를 부리던 독재자들을 생각해 보라. 이런저런
이론을 들이대 정치의 정도(正道)를 설할 것 없다. '백성이
〔民〕 후덕함을〔德〕 알라〔知〕.' 온갖 민주정치의 발원은 바로
지민덕(知民德)에 있다. 다스린다고 해서 마치 칼자루를 쥔
것처럼 생각하면 안 된다는 것이 곧 지민덕(知民德)인 셈이
다.

惟 오직 유　乃 이에 내　知 알 지　民 백성 민　德 큰 덕
《서경》〈4편 주서(周書) 18장〉

往 敬 用 治
왕　경　용　치

앞으로는 공경하는 마음으로 다스려라

왕경(往敬)은 앞으로 잘하라고 당부할 때 자주 쓰이는 말이다. 기왕 할 바에는 가볍게 하지 말고 공경하는 마음가짐으로 모든 일을 하라고 부탁하는 간절한 뜻이 이 말속에 스며 있다. 주로 윗사람이 아랫사람에게 했던 말씀이 왕경이다. 비록 지금은 잊혀져 버린 낱말이 되었지만 50년 전만 해도 부모들은 먼 길을 떠나는 아들이나 손자에게 늘 왕경할 것을 당부했다. 언제 어디서나 경(敬)이라는 한 자(字)만 잊지 않으면 세파를 헤쳐 나가는 데 간난(艱難)을 마주하지 않게 된다. 살다 보면 누구나 어려운 일[艱難]을 마주하게 마련이다. 어려운 일에 부딪쳤을 때 어떻게 처신하느냐에 따라 삶이 밝아지기도 하고 캄캄해지기도 하는 법이다. 그럴 때는 경(敬)으로써 용치(用治)하라 한다. 다스림을[治] 공경하는 마음으로[敬] 활용하라[用] 함이다. 선하면 주저하지 말고 악하면 서슴없이 그만두는 마음[敬]으로 살아가라 함이 곧 용치(用治)이다.

往 앞으로 왕　敬 공경 경　用 쓸 용　治 다스릴 치
《서경》〈4편 주서(周書) 18장〉

爲善不同 同歸于治
위 선 부 동 동 귀 우 치

선을 행함은 같지 않아도
다같이 다스림으로 되돌아온다

위선(爲善)은 착한 일을 하라 함이다. 세상에는 이런저런 착한 일들이 수없이 많다. 착한 일을 하게 된 동기나 까닭 역시 각각 다르다. 그러나 흘러가는 시냇물이 아무리 여러 갈래라 한들 모두 바다로 모여들게 되어 있듯이 선한 일 역시 한 곳으로 모인다. 선(善)이 모이는 바다를 일러 복(福)이라 한다. 복을 만나 누림을 일러 행복(幸福)이라 한다. 행복은 깃털보다 가볍다고 한다. 선한 일을 해서 돌아온 복이 마음을 가뿐하게 해 주는 까닭이다. 그러나 사람들은 그런 줄을 모르고 불길을 쫓는 불나방 같은 짓을 마다하지 않는다. 이런 딱한 인간을 향해 장자(莊子)는 행복은 깃털보다 가벼우나 짊어질 줄 모른다고 한탄했다. 선하다면 한결같이〔同〕 다스림〔治〕으로 되돌아온다〔歸〕는 말씀을 두고 사필귀정(事必歸正)이라 한다. 선하면 반드시 그 끝도 선하다는 말이다. 다스림이란 편안하게 함을 말한다. 선한 일〔善行〕을 하고 불안해할 사람은 없다. 그래서 선하면 반드시 다스림을 얻는다고 한다.

爲 할 위 善 착할 선 不 아니 불 同 한 가지 동 歸 돌아올 귀 于 ~에 우 治 다스릴 치　　　　　　　　　　《서경》〈4편 주서(周書) 19장〉

爲惡不同 同歸于亂
위 악 부 동 동 귀 우 란

악을 행함은 같지 않아도
다같이 어지러움으로 되돌아온다

위악(爲惡)은 못된 짓을 범한다는 말이다. 세상에는 날마다 온갖 악한 짓들이 일어나고 있다. 살인·강도·강간·사기·폭력 등등 이루 말할 수 없는 범죄들이 가슴을 쓸어 내리게 한다. 이처럼 살벌한 세상이 빚어지는 것은 인간들이 위선(爲善)을 멀리하지 못하는 데 있다. 남을 해치고 못살게 하는 것이 바로 악(惡)이다. 악이란 나만 생각하고 남을 무시할 때 싹트며, 그 싹은 자라서 결국 나를 삼켜 버리는 오랏줄이 된다. 형무소의 교수대에서 생목숨을 버리는 인간들은 위악의 사슬에 걸려들어 제 손에 든 도끼로 제 목을 내리치는 꼴을 당하는 셈이다. 이처럼 위악의 끝은 혼란스럽다〔亂〕. 악하다면 한결같이〔同〕 어지러움〔亂〕으로 되돌아온다〔歸〕는 것이 사필귀정(事必歸正)이다. 위악은 반드시 화(禍)로 되돌아온다. 화(禍)를 불행(不幸)이라 한다. 악하면서 행복을 누린다는 것은 거짓말이다. 부정한 짓으로 부자가 된 놈은 악몽에 시달려 밤잠을 설친다. 심란(心亂)한 까닭이다.

爲 할 위 惡 악할 악 不 아닐 부 同 같을 동 歸 돌아올 귀 于 ~에 우
亂 어지러울 난   《서경》〈4편 주서(周書) 19장〉

率自中 無作聰明
솔 자 중 무 작 총 명

스스로 알맞아 바른길을 따르고
총명한 척하지 말라

중(中)은 천하의 대본(大本)이며, 화(和)는 천하의 달도(達
道)라고 한다. 대본이란 큰 바탕이라는 뜻이고, 달도는 깨우
침을 말한다. 그래서 중(中)을 버리지 않으면 온 세상의 근본
인 뿌리 노릇을 할 수 있고, 화(和)를 누리면 세상 물정을 깨
우친 자가 된다는 것이다. 자중(自中)이란 스스로 그런 중화
(中和)를 따르라 함이다. 이는 곧 중용(中庸)을 잊지 말라 함
이다. 넘치지도 않고 모자라지도 않아 알맞음을 일러 중(中)
이라 하고, 그런 중을 알맞게 활용함을 용(庸)이라 한다. 그
러니 여기서 좇음[率]이란 곧 중용의 용(庸)과 뜻이 같다. 이
런 중용을 스스로 따르다 보면 왜 잘난 척하면 안 되는지를
터득할 수 있다. 남 앞에서 총명한 척하는 놈치고 슬기로운
놈 없다. 진실로 총명한 사람은 빛나되 눈부시도록 꼼수를
쓰지 않는 법이다. 자중하는 사람은 언제 어디서나 앉을 자
리 설 자리를 알아서 처신하는 지혜가 있다.

率 좇을 솔 自 스스로 자 中 알맞을 중 無 하지 말 무 作 지을 작 聰
귀밝을 총 明 눈밝을 명   《서경》〈4편 주서(周書) 19장〉

以公滅私
이 공 멸 사

모두를 생각해서 사사로움을 없앤다

팔이 안으로 굽지 내굽지 않는다면서 패거리를 지어 잇속을 챙기는 무리를 소인배(小人輩)라고 한다. 왜 썩어빠진 관리가 빌붙어 백성을 괴롭히겠는가? 두루 모두〔公〕생각하지 않고 제 뱃속〔私〕만 채우려고 잔꾀를 부리는 까닭이다. 사사로움을 없애라〔滅私〕. 그러면 곧 하늘을 섬긴다〔事天〕. 사천(事天)이란 백성을 위해 정성껏 일한다는 뜻이다. 그러므로 이공멸사(以公滅私)하라 함은 대인(大人)이 되라는 말이다. 대인은 어진 사람〔仁者〕이다. 어짊이란 곧 나를 뒤로하고 남을 먼저 소중히 여기는 마음이다. 이런 마음을 일러 무심(無心)이라 한다. 마음이〔心〕없다〔無〕는 말은 마음속에 사욕(私欲)이 없다는 말이다. 큰일을 하는 사람이 제 욕심〔私欲〕에 사로잡힌다면 여러 사람에게 악(惡)을 전파하는 죄를 짓는 것과 같다. 특히 백성에게 못할 짓을 범하면 획죄어천(獲罪於天)이라고 한다. 하늘에〔於天〕죄를〔罪〕짓는가〔獲〕? 그렇다면 빌 곳마저 없다. 멸사(滅私)하면 결코 그런 죄를 범할 리가 없다.

以 생각할 이 公 다 공 滅 없앨 멸 私 사사로울 사

《서경》〈4편 주서(周書) 22장〉

蓄 疑 敗 謀
축 의 패 모

의심이 쌓여서는 일을 망친다

　의심이 차곡차곡 쌓였다〔蓄疑〕면 어떤 일이라도 그만두어
야 한다. 축의(蓄疑)란 믿음이 없어져 일하는 사람들끼리 서
로 불신하는 꼴이다. 가슴속에 칼을 품고 서로 손을 맞잡은
들 무슨 일을 할 것인가. 일을 도모하자면 무엇보다 서로 믿
을 수 있어야 한다. 왜 사람들이 서로 속이고 숨기면서 일을
망치고 마는가? 제 뜻대로 일을 해치워 제 욕심만 채우려는
속셈 탓이다. 함정을 파지 말라. 그러다간 제가 파놓은 함정
에 제가 빠지는 법이다. 그래서 약은 고양이 밤눈 어둡다고
하지 않는가. 그러니 무슨 일을 하자면 나부터 의심받을 짓
을 범하지 말아야 한다. 세상에서 가장 강력한 힘은 곧고〔直〕
바른〔正〕 마음뿐이다. 그래서 공자도 사람이 무엇이냐는 물
음에 한마디로 직(直)이라고 했으며, 의심을 쌓지 않도록 이
렇게 깨우쳐 주셨다. '알면 안다 하고 모르면 모른다 하라.'
이런 심정으로 일을 도모하면 실패할 리가 없을 것이다.

蓄 쌓일 축　疑 의심할 의　敗 실패할 패　謀 꾀할 모
　　　　　　　　　　　　　　　《서경》〈4편 주서(周書) 22장〉

不 學 牆 面
불 학 장 면

배우지 않으면 벽을 향해 서 있는 것과 같다

미래를 여는 사람은 결코 안주(安住)하지 않는다. 극수지래 (極數知來)하자면 세상 물정에 밝아야 한다. 극수(極數)는 요 샛말로 온갖 정보들을 샅샅이 살펴본다는 뜻이다. 그래야만 앞으로 다가올 일[來]을 알 수 있다. 미래를 여는 정보에 밝 기 위해서는 배우지 않으면 안 된다. 무슨 이치를 배워야 할 까? 궁즉변(窮則變)이라는 이치를 배우지 않으면 벽창우가 된다는 말일 것이다. 장면(牆面)이란 내 앞에 버티고 있는 장 애물을 박차고 돌파하지 못하고 머뭇거리는 꼴이다. 일이 궁 할수록 타개책을 찾아야 한다. '궁하면[窮] 곧[則] 변화한다 [變].' 변(變)이란 앞으로 나아가 새로운 것을 찾아 얻어냄이 다. 고인 물은 썩는 법이다. 난관에 부딪칠수록 좌절하지 말 고 돌파할 뜻을 세워 행동하라. 그러면 억장(億丈)이 무너지 던 장애물도 허물어지는 힘을 발견할 수 있다. 그런 힘을 발 견하자면 널리 배우지 않고서는 성취할 수 없다. 그러니 면 학(勉學)하라 함이 아니겠는가.

不 아니 불 學 배울 학 牆 벽 장 面 대면할 면

《서경》〈4편 주서(周書) 22장〉

作 德 心 逸 日 休
작 덕 심 일 일 휴

덕을 지으면 마음이 편안해 날마다 새롭다

'작덕(作德)하라.' 이는 모질게 살지 말고 너그럽고 넉넉한 마음으로 살라 함이다. 덕을 짓고 쌓는 삶을 일러 충서(忠恕)라 하지 않는가. 작덕(作德)은 정성을 다하는 마음으로 살고〔忠〕 너그럽게 용서하는 마음〔恕〕으로 세상을 바라보는 순간 이루어진다. 때린 놈은 옹그린 채 밤잠을 설치지만 맞은 놈은 발뻗고 잔다 하지 않는가. 남에게 좋은 일을 하고 나면 마음속이 가을 하늘에 떠 가는 새털구름처럼 맑고 가벼워진다. 이런 상쾌함이야말로 작덕이 마련해 주는 선물이다. 덕이란 미명(微明)과 같다. 진실로 후덕한 사람은 후덕한 티를 내지 않는 법이다. 작덕은 서서히 밝아 오는 새벽빛을 닮았다. 앙갚음하려고 하면 할수록 마음속이 피곤해진다. 그러나 훌훌 털어 버리고 용서하면 가뿐해진다. 이런 가벼움을 일러 심일(心逸)이라 하고, 푹 쉬고 난 뒤에 새롭게 시작할 힘이 솟는 것을 일휴(日休)라고 한다. 일신(日新)과 일휴(日休)는 모두 같은 말이다. 작덕하면 날로 새롭다〔日休〕 함은 참이다.

作 지을 작 德 덕 덕 逸 편안할 일 休 새로울 휴
《서경》〈4편 주서(周書) 22장〉

作僞 心勞日拙
작 위 심 노 일 졸

사기를 치면 마음이 수고롭고
날마다 졸렬해진다

사기치는 짓을 일러 작위(作僞)라 한다. 남을 속이는 짓은
두 번째로 범하는 속임수다. 자기(自欺)한 다음에 작위(作僞)
하기 때문이다. 사기꾼은 남을 속인다는 사실을 자기 자신이
가장 먼저 알게 마련이다. 그러면서도 사기꾼은 참말이라고
주둥이를 놀린다. 이런 짓을 두고 스스로[自] 속인다[欺]고
한다. 남을 속이려면 먼저 자신을 속여야 하기 때문에 사기
꾼은 어쩔 수 없이 천하에 못난 놈이 되고 만다. 도둑놈이 왜
제 발소리에 질려 움찔하겠는가? 도둑질한 마음이 두근거려
서 그런 것이 아닌가. 잡힐세라 늘 조마조마하는 속마음이니
얼마나 수고로울 것이며, 그렇게 살자니 날마다 얼마나 더럽
고 추하겠는가 말이다. 속임수로 살아가는 인간은 제명대로
살지 못하는 법이다. 늘 마음속에 저승사자를 안고 사는 까
닭이다. 그러다 보니 비굴하게 흘깃거리면서 살게 되고 날마
다 간이 콩알만 하게 졸아들고 만다.

作 지을 작 僞 속일 위 勞 수고로울 노 拙 못날 졸
《서경》〈4편 주서(周書) 22장〉

不畏入畏
불 외 입 외

두려워하지 않으면 두려운 꼴을 당한다

하룻강아지 범 무서운 줄 모른다는 속담이 있다. 이런 하룻
강아지를 두고 불외입외(不畏入畏)라 한다. 《장자(莊子)》의 우
화를 보면 사마귀가 등장한다. 여치를 낚아채려는 순간 멀리
서 들려오는 수레바퀴 소리에 여치가 놀라 도망쳐 먹거리를
놓치게 되자 화가 치민 사마귀는 달려오는 수레를 혼내 주려
고 길 가운데 떡 버티고 선다. 그러나 수레는 계속해서 달려
와 버티고 선 사마귀를 짓누르고 지나가 버리고, 사마귀는 수
레바퀴 자국에 눌리고 만다. 그런데 세상에는 이런 사마귀 같
은 인간들이 의외로 많다. 아편쟁이와 노름에 미친 놈은 아편
을 두려워하지 않다가 아편에 걸려들어 결국 말라죽고, 투전
을 두려워하지 않은 탓에 투전판에 놀아나 패가망신을 당한
다. 이런 꼬락서니가 모두 불외입외의 탈이다. 이처럼 무모한
인간이 하나라도 있으면 그 주변의 죄 없는 사람들마저 혼쭐
이 나고 만다. 그러니 옹기장수는 성벽 밑을 싫어한다는 지혜
를 귀담아 둘 일이다. 매사를 두려운 마음으로 마주하라.

畏 두려워할 외 入 들 입

《서경》〈4편 주서(周書) 22장〉

至治馨香
지　치　형　함

지극한 다스림은 그 향기가 멀리 퍼진다

　백성의 입은 바람을 닮았다. 백성의 입에 오르면 양단간(兩
端間)에 결판이 난다. 백성의 입이 칭송하면 하늘을 얻고, 백
성의 입이 험담하면 천벌을 면하기 어렵다. 옛날에는 집 밖에
나가서 무슨 일이 있어도 남의 손가락질 받는 짓을 범하지 말
라고 했다. 그래서 뼈대가 센 집안일수록 신독(愼獨)으로 가
풍(家風)을 삼는 경우가 많았다. '홀로 있을 때[獨] 삼가라
[愼].' 이는 곧 남에게는 관대하되 자신에게는 엄격하라 함이
다. 왜 군자라면 반드시 신독한다고 했겠는가? 그렇지 않고
서는 지극한[至] 다스림[治]을 펼 수 없는 까닭이다. 지치(至
治)란 하늘을 감동시키는 정치(政治)를 말한다. 정치가 하늘
을 감동시킨다 함은 백성을 감동시킨다 함이다. 지치(至治)를
이루기 위해 밤잠을 설치는 정치가가 몇 명만 있어도 정치가
이토록 불신 당하지는 않을 것이다. 치자라면 백성의 입이 형
향(馨香)일 수 있음을 알아야 한다. 백성의 입이 향기롭게 하
려면 다스림을 지극히 하는 것밖에 없음을 알아야 한다.

至 지극할 지　馨 향기가 멀리 퍼질 형　香 향기 향
《서경》〈4편 주서(周書) 23장〉

庶 言 同 則 繹
서 언 동 즉 역

여러 사람의 말이 같거든 곧장 시행하라

한 가지 일을 두고 여러 사람이 같은 말을 하면 그것은 사
실이거나 진실이기 쉽다. 그러나 한 가지 일을 두고 여러 말
이 나오면 사실이 아니거나 진실이기 어렵다. 아니 땐 굴뚝
에 연기 나랴는 말이 있다. 사람들은 굴뚝을 두고 이러니 저
러니 입질하기를 좋아한다. 그러나 그 말을 함부로 믿고 일
을 서둘러서는 안 된다. 하지만 사람들의 말이 한결같다면
그 말거리는 모두에게 관심이 있다는 증거이니 서둘러 해도
된다. 그러나 못된 사람은 제 고집을 앞세워 여러 사람의 의
견을 무시하고 독불장군처럼 해치우려고 한다. 그래서 탈이
생긴다. 모든 사람이 바라는 바를 모른 척하면서 제 고집만
앞세우는 사람은 어떤 일도 잘될 리가 없다. 현명한 사람은
이런 이치를 잘 알고 어리석은 사람은 이를 모른다. 그래서
근지러운 곳을 찾아 긁어 주려면 떠도는 풍문(風聞)을 살펴
보라 한다. 백성이 바라는 바는 나뭇잎도 알아듣고 흔든다고
한다. 백성이 바라는 것을 바로 행할수록 세상이 밝아진다.

庶 많을 서 同 같을 동 則 곧 즉 繹 베풀 역
《서경》〈4편 주서(周書) 23장〉

無求備于一夫
무 구 비 우 일 부

한 사람에게 완벽하기를 요구하지 말라

자기 자신부터 완벽한지를 자문(自問)해 보라는 말이다. 굼벵이도 구르는 재주가 있음을 기억해 두라 함이다. 아무리 못난 사람이라도 한 가지 재주는 있게 마련이니 무엇이든 거뜬하게 해 낼 수 있어야 한다고 믿어서는 안 된다. 완벽하다면 어찌 인간이 선악을 두고 시소 게임을 하겠는가. 털어 먼지 안 날 사람이 어디 있겠는가. 사람은 저마다 허물을 짓고 살아가게 마련이다. 그러므로 사람을 나무라고 벌주기 전에 용서하고 북돋워 주는 마음이 앞서야 큰사람 노릇을 할 수 있는 법이다. 깐깐한 사람 옆에는 찬바람이 난다고 하지 않는가. 그렇다고 깐깐한 사람이 완벽하냐고 하면 그렇지도 못하다. 아무리 치밀한 사람이라도 그 몸의 땀구멍에서 땀이 나듯이 허점이 있게 마련이다. 그러니 남을 흉보기 전에 자기 자신부터 흉거리가 아닌지 조심할 일이다. 완전무결한 사람을 찾는 일은 천당에서도 통하지 않을 것이다. 다만 어리석음을 부끄러워할 줄 아는 사람이라면 함께 가도 된다.

無 하지 말 무 求 구할 구 備 갖출 비 于 ~에게 우 一 한 일 夫 사내 부

《서경》〈4편 주서(周書) 23장〉

辭 尙 體 要
사 상 체 요

말수는 구체적이면서도 간결함을 높이 산다

　말을 낭비해서는 안 된다. 말 한 마디로 천 냥 빚을 갚고, 밤말은 쥐가 듣고 낮말을 쥐가 들으며, 담벽에도 귀가 있고, 발 없는 말이 천 리 간다고 했다. 그러니 세 치 혀를 함부로 놀리지 말라. 오죽하면 조주선사(趙州禪師)가 "개주둥이 닥쳐라" 하고 호통쳤겠는가. 말을 함부로 뱉어 천하게 하는 입을 두고 아가리니 주둥이니 하며 흉보는 까닭을 새길수록 살아가는 데 이롭다. 말을 아끼는 사람이 가장 말을 많이 하고, 말을 함부로 하는 사람은 말을 할 줄 모른다 했다. 말을 아끼는 사람은 한 마디를 뱉기 전에 속으로 세 번쯤 생각한다. 이리저리 생각한 뒤에 어렵사리 하는 말은 한 마디도 버릴 것이 없다. 그래서 침묵할 줄 아는 사람이 말을 많이 할 줄 안다고 하는 것이다. 생각하고 말하면 반드시 할 말만 가려 하게 되고, 그러다 보면 상대가 잘 알아듣는다. 내가 한 말을 상대가 제대로 잘 알아듣는다면 나는 구체적이고 간결한 말솜씨의 주인이 된다. 함부로 말하면 지껄이는 것일 뿐이다.

辭 말씀 사 尙 높일 상 體 몸 체 要 간결할 요

《서경》〈4편 주서(周書) 26장〉

以 蕩 陵 德
이 탕 릉 덕

방탕하다 보면 덕을 업신여기고 짓밟는다

세상을 얕보고 사람을 얕보는 짓을 능덕(陵德)이라 한다. 세상을 두려워하고 사람을 소중하게 여기는 것을 숭덕(崇德)이라 한다. 오만하고 방자한 사람은 이미 마음속이 방탕한 늪에 빠져 버린 못난 인간이다. 덕을 어렵게 생각할 것 없다. 남을 배려해서 편안하게 하고 세상은 온갖 것들과 더불어 사는 곳이라는 사실을 진실로 받아들이는 마음가짐이 바로 덕이다. 덕이란 스스로 행하는 착한 삶이지 억지로 준수해야 하는 규율 같은 것이 아니다. 그래서 덕을 짓밟는[陵德] 사람은 스스로 제 무덤을 파는 것과 같고, 덕을 숭상하는[崇德] 사람은 절로 세상의 등불이 된다. 유명하다고 해서 훌륭한 사람인 것은 아니다. 덕을 떠나 유명한 사람은 한때 번쩍하다 마는 번갯불이거나 한번 휘몰아치다 없어지는 돌개바람과 같다. 그러나 숭덕하는 사람은 언제 어디서든 너그럽고, 삶을 넉넉하고 훈훈하게 하므로 모든 사람들이 잊지 못한다.

以 할 이 蕩 방탕할 탕 陵 업신여겨 짓밟을 능 德 큰 덕
《서경》〈4편 주서(周書) 26장〉

心 之 憂 危　若 蹈 虎 尾
심　지　우　위　약　도　호　미

마음의 걱정과 위태로움은
범의 꼬리를 밟고 있는 것과 같다

　무모한 사람은 선악을 가릴 줄 몰라 위험한 것도 모르고,
걱정할 것도 모른다. 그러나 지나치게 욕심을 부리다 일이
잘못되면 그 뒤에 다가올 탈이 무서워 몸둘 바를 몰라 하면
서 마음이 불 위에 놓인 빈 냄비 꼴이 되고 만다. 마음을 괴
롭히고 애태우는 지경을 일러 우위(憂危)라 한다. 마음이 이
런 지경에 놓였다면 욕심이 사나워 그렇게 된 것이 분명하
다. 잘못을 저질러 애태우는 심정이 마치 호랑이 꼬리를 밟
고 있는 형편임을 뼈저리게 느낀다면 두 번 다시 그런 어리
석음을 범하지 않을 것이다. 《주역(周易)》에는 섭대천(涉大
川)이라는 말이 자주 나온다. 큰물〔大川〕을 건너도〔涉〕 좋다
하면 길(吉)하고, 건너지 말라 하면 흉(凶)하다는 충고다. 큰
물을 얕보고 엄벙덤벙 들어가 건너려 했다간 물귀신이 될 수
도 있음을 아는 사람은 애태울 일을 피해 갈 줄도 안다. 그러
나 앞뒤 없이 무모하게 덤비는 인간의 마음은 그 자체가 곧
우위의 덩어리다. 이런 사람 옆에 가면 안 된다.

心 마음 심　之 ~의 지　憂 걱정할 우　危 위태로울 위　若 같을 약　蹈
밟을 도　虎 호랑이 호　尾 꼬리 미　　　　　　　《서경》〈4편 주서(周書) 27장〉

240

繩愆糾謬　格其非心
승　건　규　류　　격　기　비　심

허물을 바로잡아 주고 잘못을 고쳐 주어
어긋난 마음을 바로잡는다

어른보다 더 좋은 선생은 없다고 한다. 물론 지금은 이런 말이 겉돌고 있지만 말이다. 그러나 새끼는 어미에게 살아남는 법을 배우지 않으면 안 된다. 동물의 왕국에만 밀림이 있는 것은 아니다. 그런 밀림보다 더 살벌한 밀림이 바로 인간이 모여 사는 세상이다. 인간이 사는 도시가 살벌한 밀림이 되고 만 것이다. 이런 인간의 밀림에서 거뜬하게 살아가려면 허물을 바로잡아 줄 어른이 옆에 있어야 한다. 인간은 누구나 허물〔愆〕이 있다. 그렇다 보니 누구나 잘못〔謬〕을 범하게 마련이다. 내 코를 내가 볼 수 없듯이 내 허물 역시 내가 찾아내기 어렵다. 그래서 내 잘못을 찾아내 고쳐 주는〔糾〕 어른이 옆에 있을수록 좋다. 보살펴 길러 주고 착하게 하여 오래가도록 밑거름이 되어 준다는 뜻으로 어른을 장(長)이라 한다. 어긋나기를 범하는 마음을 고쳐 바로잡아 주는 장자(長者)가 바로 사람을 사람되게 하는 선생이다. 어긋난 마음〔非心〕을 바로잡아 주는 분을 일러 선생(先生)이라 한다.

繩 먹줄 승　愆 허물 건　糾 찾아내 고쳐 줄 규　謬 잘못한 류　格 바로잡을 격　其 그 기　非 아닐 비　心 마음 심　　　《서경》〈4편 주서(周書) 28장〉

非 終 惟 終 在 人
비 종 유 종 재 인

끝맺음을 잘하고 못하는 것은
사람에게 달려 있다

끝맺음을 깔끔하게 해 뒤탈이 없게 하는 사람은 처음부터
성실하게 맡은 일을 추스른 결과다. 일을 적당히 처리하면서
핑계 댈 구실이나 곁눈질하는 사람은 무슨 일을 맡겨도 끝을
말끔하게 처리하지 못한다. 사람이 성실하면 끝맺음이 좋고,
사람이 부실하면 끝맺음이 뒤틀린다. 그래서 열매는 씨앗부
터 안다고 한다. 잘 여문 씨앗이 튼실한 열매를 맺는 법이다.
천지의 만물을 살펴보면 성실하지 않은 것이 없다. 빈둥거리
며 꾀를 파는 존재는 오직 사람밖에 없는 것이다. 맡은 일을
부실하게 미루는 사람은 정성이 없는 가벼운 사람일 뿐이다.
왜 성자(誠者)를 일러 하늘의 도[天之道]라 하고, 성지자(誠之
者)를 사람의 도[人之道]라 하겠는가? 왜 대천명(待天命)하고
진인사(盡人事)라 하는가? 정성을 다해 일을 마치고[盡人事]
하늘의 뜻을 기다린다[待天命] 함은 끝을 말끔하고 깔끔하게
처리했으니 당당하다 함이 아닌가. 남을 탓하고 핑계 대는
사람은 더럽다.

非 아닐 비 終 끝맺음 종 惟 오직 유 在 있을 재

《서경》〈4편 주서(周書) 29장〉

雖畏勿畏
수　외　물　외

벌주라 한다 해서 함부로 벌주지 마라

　법대로 하자는 사람은 무섭다. 그런 사람은 인정사정 볼
것 없다는 듯이 세상을 칼질하기 쉽다. 아무리 법이 시퍼렇
다 한들 법을 눈물로 적실 줄 알아야 법이 사람을 감동시킬
수 있다. 서슬 퍼런 칼날 같은 법일지라도 그 칼자루를 쥔 쪽
은 법이 아니라 사람임을 잊지 말라 함이 수외물외(雖畏勿畏)
이다. 하늘도 두렵지만 법도 두려운 것[畏]이다. 두려운 것은
위엄스럽다[威]. 그래서 두려울 외(畏)는 벌줄 외(畏)라는 뜻
도 함께 갖고 있다. 권세를 쥔 사람이 제 맘에 들지 않는다고
해서 함부로 벌을 주기 시작하면 세상은 폭군의 밥이 되고
만다. 폭군은 벌만 주려 들지 용서할 줄은 모르는 잔인한 인
간이다. 어디 임금만 폭군이겠는가. 세상에는 폭군을 닮은
못난 인간들이 너무나 많다. 그래서 용서하는 일보다 혼내
주기를 일삼는 못된 인간들이 선량한 사람들을 울릴 때가 허
다하다. 그래서 가시나무에 앉은 작은 새를 흔들지 말라는
것이다.

雛 비록 수　畏 벌줄 외　勿 하지 말 물
《서경》〈4편 주서(周書) 29장〉

有 德 惟 刑
유 덕 유 형

덕 을 갖 춘 사 람 만 이 오 로 지 벌 줄 수 있 다

이제는 덕이 쇠하여 법(法)이라야 벌을 주는 세상이 되고
말았다. 덕이 성해서 후덕한 사람만이 벌을 줄 수 있다면 법
은 없어도 된다. 그러나 너나 나나 모두 덕 없는 사람이 되어
살다 보니 모진 사람으로 변하고 말았다. 모질어진 인간들을
이끌려면 법에 기댈 수밖에 없는 형편이 된 것이다. 이런 까
닭에 덕이 있는 사람만이 벌을 줄 수 있다고 말하면 말도 안
되는 소리 말라고 한다. 그러나 법정에서만 벌을 주는 것은
아니다. 따지고 보면 세상보다 더 무서운 법정은 없는 셈이
아니던가. 이런저런 허물을 갖고 송사를 낼 수는 없는 일이
다. 잘잘못을 가려 옳고 그름을 가늠하는 것도 상을 주고 벌
을 주면서 살아가는 일이다. 싸움은 말리고 흥정은 붙이라
했다. 싸움을 말려 싸우지 않게 하면 싸우겠다던 사람들에게
벌을 주는 것과 같다. 잘못을 일깨워 책임을 묻는 것이 벌이
니 말이다. 덕이 있는 사람일수록 날마다 자책(自責)하며 산
다. 자책이 앞서면 남을 문책(問責)할 수 있다.

有 간직할 유 德 덕 덕 惟 오직 유 刑 벌줄 형
《서경》〈4편 주서(周書) 29장〉

用 成 爾 顯 德
용　성　이　현　덕

너의 밝은 덕을 일구어 내라

　명덕(明德)과 현덕(顯德)은 같은 말이다. 덕이 세상을 밝게
한다는 뜻으로 명덕이요, 현덕이다. 명덕을 더욱 밝게 밝히
는 일을 명명덕(明明德)이라 하고, 현덕을 날마다 밝히는 삶
을 일러 일신(日新)이라고 한다. 그러니 일신하라 함은 곧 성
덕(盛德)하라 함이다. '덕을 무성하게 가꾸어라〔盛德〕.' 물론
요새는 일신이 성덕이 아니라 성지(盛知)라는 것을 누구나
다 안다. 덕성(德性)은 무시하고 지성(知性)만 앞세우다 보니
지금 우리는 마음속에 선인장만 잔뜩 키우면서 살고 있다.
지성은 선인장의 가시처럼 날카롭고 사납지만 덕성은 어미
새의 가슴속 깃털처럼 부드럽고 따뜻하다. 지성은 상대를 안
을 수 없지만 덕성은 어떤 상대든 끌어안을 수 있다. 이러한
덕을 멸시할 것이 아니라 마음속에 간직하고자 남 몰래 애쓰
는 사람이야말로 이 사나운 지성의 밀림에서 편안한 둥지 노
릇을 할 수 있다. 최후의 승자는 덕이 있는 사람이라는 것을
의심하지 말라.

用 용 成 이룰 성 爾 너 이 顯 밝을 현 德 큰 덕
《서경》〈4편 주서(周書) 30장〉

民 訖 自 若 是 多 盤
민 흘 자 약 시 다 반

백성이란 모두 제멋으로 대부분 즐긴다

　사람을 일색(一色)으로 보지 말라. 그러려면 제 고집을 버려야 한다. 돼지 눈에는 돼지로만 보이고 부처 눈에는 부처로만 보인다는 말은 그렇게 하지 말라는 뜻이지 그렇게 하라는 말이 아니다. 사람들은 모두 다 제멋에 겨워 살기를 바라지 이래라저래라 지시받으며 살기를 원치 않는다. 아니 한사코 마다한다. 그런 까닭에 사람을 꼭두각시처럼 여기고 덤비는 인간이 있다면 참으로 못난 얼간이에 속한다. 다들 자기 자신에게〔自若〕 저울 눈금을 맞추고 산다는 사실을 명심한다면 왜 역지사지(易地思之)의 마음으로 살아야 하는지를 깨우칠 수 있다. 내가 먼저 네 입장으로 돌아가 생각해 본다〔易地思之〕는 마음을 간직하고 세상을 살아나간다면 미운 놈 고운 놈 가릴 것 없이 세상을 둥글게 볼 수 있는 도량이 생긴다. 그러니 남에 일에 배 놓아라, 감 놓아라 할 것 없이 그럴 수도 있겠구나 하며 끌어안는 것이 훨씬 현명하다. 까탈부리는 사람일수록 개밥의 도토리처럼 따돌림당하고 만다.

民 백성 민　訖 모두 흘　自 스스로 자　若 같을 약　是 이것 시　多 많을
다　盤 즐길 반　　　　　　　　　　　《서경》〈4편 주서(周書) 32장〉

邦 之 杌 陧 由 一 人
방 지 울 얼 유 일 인

나라가 위태로움은 한 사람으로 말미암는다

　내가 아니면 안 된다는 대통령 탓에 우리는 4·19를 겪었다. 노망든 팔십 고령의 대통령은 권좌를 고집했고, 그 밑에서 붙어먹던 간신들은 제명에 못살아 혼쭐이 났고, 나라는 혼란에 빠져 거덜날 지경을 겪었다. 어디 나라만 그렇겠는가. 가정도 그렇고 회사도 그렇다. 가정이 허물어지는 것도 가장(家長) 하나 때문에 말미암고, 회사가 망하는 것도 사장(社長) 하나 때문에 말미암기 일쑤다. 미꾸라지 한 마리가 방죽 물을 흐리듯이, 탈이 날 때는 여러 사람이 아니라 한 사람 탓이게 마련이다. 백지장도 맞들면 가볍듯이 여러 사람의 의견을 구해 일을 마주하면 한 사람으로 말미암아 빚어지는 화(禍)를 막아낼 수 있다. 그래서 아는 길도 물어서 가고, 돌다리도 두들겨 보고 건너라 한다. 그러나 세상에는 섶을 지고 불 속으로 뛰어들겠다고 만용을 부리는 인간들이 의외로 많다. 긁어 부스럼 내 여러 사람을 골병들게 해 놓고 벼랑으로 끌어가는 인간은 세상에 묻혀 있는 지뢰와 같다.

　邦 나라 방　之 ~의 지　杌 위태로울 올　陧 위태로울 얼　由 말미암을
유　一 한 일　人 사람 인　　　　　　　　　《서경》〈4편 주서(周書) 32장〉